Pelo bueno, pelo malo

Pelo bueno, pelo malo

Tercera Edición

Carmen L. Montañez

Para realizar pedidos de este libro, contacte con:
Palibrio
1663 Liberty Drive
Suite 200
Bloomington, IN 47403
Gratis desde EE. UU. al 877.407.5847
Gratis desde México al 01.800.288.2243
Gratis desde España al 900.866.949
Desde otro país al +1.812.671.9757
Fax: 01.812.355.1576
ventas@palibrio.com
736666

Índice

Para mi hermana Paulita, todas mis amigas de Santurce y para todas aquellas mujeres que diariamente tienen que peinar su pelo riso...

Pelo malo es el que se cae...
-Luis Rafael Sánchez, EL PELO MALO

Yo, fatalista,
mirando la vida llegándose y alejándose
de mis semejantes.
Yo, dentro de mí misma,
siempre en espera de algo
que no acierta mi mente.
Yo, múltiple,
como en contradicción,
atada a un sentimiento sin orillas
que me une y me desune,
alternativamente,
al mundo.
Yo, universal,
bebiéndome la vida
en cada estrella desorbitada,
en cada grito estéril,
en cada sentimiento sin orillas.
¿Y todo para qué?
—Para seguir siendo la misma.

JULIA DE BURGOS
Momentos

Un primer día, un primer paso

Para Amarilis el tiempo había pasado, pero para su madre estaba estancado.

Estaba decidido. Se mudaría mañana.

—Me casé virgen, ¿oíste? ¿Cómo quieres que te lo diga? En jeringonza, chiyochimechica-chisechi-virchigen…

La hija y la madre rieron de la ocurrencia, pero ya Amarilis sabía por donde venía su madre. Siempre así, cuando la madre comenzaba a hablar no había nadie que la parara, tenía la lengua montada en bolines. Hoy ya había comenzado con su tema preferido, la virginidad, que casi siempre comenzaba con la misma aseveración: si lo quieres creer, lo crees, pero te estoy diciendo la verdad.

—Virgen, ¿me oíste bien?—dijo la madre cambiando a un tono casi de enfado—. Llevé traje blanco y corona de azahares sin ningún cargo de conciencia.

Como siempre, la madre de Amarilis cada vez que contaba esta parte de su boda arqueaba las manos sobre su cabeza para simular una corona invisible que Amaralis ya no se molestaba en mirar.

—Sí, te oí perfectamente —contestó Amarilis, sonriendo y con voz despreocupada, como si a ella le importara—. Yo tampoco, cuando llevo un traje blanco no tengo cargos de conciencia —añadió Amarilis, dándole la espalda con indiferencia.

—Yo tampoco, cuando llevo un traje blanco no tengo cargos de conciencia —contestó Amarilis, dándole la espalda con indiferencia.

—No te burles que tú sabes bien lo que quiero decir. Las jóvenes de ahora no tienen cargos de conciencia ni aunque maten a su madre de un susto. Se acuestan con el barrio entero y después se casan con el que más grande lo tenga o con el primero que le ofrezca matrimonio. Estos son otros tiempos.

Estaba decidido.

Hace meses, cuando tuvo la idea de mudarse, no pensó en lo difícil que sería salir de esta casa donde había pasado su niñez, su adolescencia y ya había comenzado su vida de adulta. En este cuarto, donde había vivido toda su vida y cuyas paredes habían variado de color y de papel decorativo según ella fue creciendo. Conocía cada desperfecto de las paredes creados por el pasar del tiempo y los cambios de decorado que la madre había hecho con sus propias manos. Echaría de menos la ventana que daba al patio con vista al árbol de mangó y del cual ella se había columpiado verano trás verano. La ventana de persiana Miami que abría sus hojas con una manesilla que ella había estropeado en varias ocasiones y que su padre había arreglado sin protestar y para cuyos marcos su madre había cosido varios pares de cortinas a compás del desarrollo de su cuerpo: de ositos de ojitos achispados, de muñequitas preciosas rodeadas de florecitas primaverales, o flores rebosantes de colores y de alegría. Por aquella persiana había esperado ver llegar a los Reyes Magos cargados de regalos, sólo para ella. Un año recibió la muñeca más hermosa que Amarilis haya visto en su vida. Llevaba un traje en organdí rosado, un sombrerito en su cabeza de la misma tela con encajes blancos cubriendo unos bucles rubios y suaves, con unos zapatitos apretaditos y medias blancas. Su carita rosada tenía unos ojitos risueños colmados de alegría y en su boquita unos labios rojitos enmarcados en una sonrisa perpetua.

¿Dónde estará esa muñeca? ¿Por qué ella no sabe su paradero? ¿A dónde fue el Peter Pan con su traje de felpa verde?

Ningún otro niño en su barrio tenía un Peter Pan, vestido de héroe europeo con un sombrerito adornado con una pluma roja. Sólo ella poseía uno. Peter Pan envuelto en magia que no le permite ponerse viejo y podrá vivir para siempre en Neverland. Allá se transportaba Amarilis con Peter Pan, volando, casi siempre cuando los perros del barrio aullaban avisando que alguien iba a morir. Volando para vencer a muchos Capitanes Hook. "All you need is faith and trust... un poquito de pixie dust". ¿Dónde estará ese polvito mágico que nunca Amarilis encontró? Seguramente junto al Peter Pan. En algún lugar. En Neverland. Ese fue el destino de muchos otros regalos que los Reyes le trajeron en diferentes años. Cuando niña, le intrigaba cómo era posible que entraran por aquellos espacios tan estrechos de las persianas, unos hombres barbudos, robustos, cargados de objetos. Claro, era magos, como le explicaban sus padres, aunque ella supo la verdad el día supo la verdad el día que vio a su papá llegar en puntillas a su cuarto aquella noche de Reyes y traer la bicicleta que tanto ella anhelaba. Ella se quedó quieta en apariencia de dormida y cuando se levantó temprano ese día aparentó una alegría que no existía porque comprendió que había perdido su inocencia. Pero disfrutó mucho el que su padre le enseñara a correr su bici. Fueron bonitos esos días.

—Mami, no exageres. Porque me quiera independizar no quiere decir que tienes que hacer un análisis de todas las mujeres de este tiempo, no es para tanto.

—No es que quiera analizar nada ni a nadie, no tengo los estudios para eso. Lo que te quiero decir es que ahora que te sientes mujer, quieres estar sola para hacer lo que te venga en gana. Como aquí, porque ésta es una casa decente, no puedes traer a tus amigos, o a tu amiguiiito, como le llaman ustedes ahora a los cortejos, pues ya la casa te queda chiquita. Pues claro, no puedes seguir mi ejemplo que me casé bien casadita. Cuando salí de la casa de mis padres me fui a mi casa del brazo de tu padre, que Dios perdone, con mucho orgullo —decía la madre montándose en tribuna.

—Mamita, tú sabes que yo no soy así, que he tenido pocas relaciones amorosas que se pueden contar sin tener que esforzar la memoria. Se puede decir que en este aspecto mi vida ha sido aburrida, que no he tenido un novio que valga la pena. En otras palabras, no tengo suerte para el amor. Tú tuviste suerte que pudiste encontrar el hombre de tu vida, convivir y disfrutar con él años de alegría. Te puedes dar con piedras en el pecho, como se dice.

—Sí, ahora tienes toda la razón. Tuve suerte. Me casé con el hombre de mis sueños—dijo con voz triste, añadiendo—: sin importar que mi madre me decía que era grifo. Siempre recuerdo que un día me dijo, si te casas con ese hombre vas a peinar grifería...

—Ya ves que abuela tenía razón —dijo Amarilis mostrándole un mechón de su negro y rizado cabello.

—Pero, Amarilis, ¿a qué te refieres? Tu pelo es hermoso— dijo la madre acariciando con ternura el cabello de su hija.

—Porque me miras con los ojos del alma, pero algunas personas no lo ven así. Recuerdo un día cuando tenía alrededor de diez y seis años que un hombre, muy romántico él, me dijo como piropo "adiós, preciosa, con el pelo como pasas y no me miras" —dijo Amarilis con cierta rabia en la voz.

—Olvida eso, no vale la pena recordarlo. Yo amé a tu padre tal cual era y por ti doy mi vida sin importar como tengas el pelo— dijo la madre con voz sincera.

—Pero... ¿dónde está mi Ricky Martin, mi Tom Cruise, mi Brad Pitt, mi Chayanne? —preguntó Amarilis para cambiar el tema.

—Bueno, mi'jita, si esos son los hombres que estás buscando, creo que nunca los va a encontrar. Tienes que aspirar a un hombre corriente pero con buenos sentimientos, un hombre hecho y derecho que...

—Estoy bromeando, Mami, tú sabes, es un decir...—le dijo Amarilis deseando cortar la conversación.

—Amarilis, mira que te quejas mucho de tu mala suerte, pero hay otros que han logrado encontrar el amor y lo inexorable se los arrebata, —dijo la madre lista para contar una historia—. Por ejemplo, el caso de Julio Agosto, quien se quedó vestido con su traje de etiqueta mirando perplejo a su novia graciosamente recostada en un ataúd con su traje de novia y su corona de azahares, con su anillo de compromiso resplandeciendo en su dedo anular de la mano izquierda para llevarla a la iglesia a una ceremonia completamente diferente a la planeada. El joven más guapo y codiciado del barrio, viudo sin casarse.

—En este caso, Mami, ahora eres tú la que tienes toda la razón. Esta historia en una mujer es algo más verosímil; en un hombre, quizás menos frecuente. Pero lo que pasa es que a los hombres su machismo y el orgullo los repone y les da el valor que se requiere para seguir adelante...

—Amarilis, esta historia le puede pasar a cualquiera, no estés buscando excusas a tus malas decisiones.

Amarilis decidió callar y no contestar la argumentación de la madre porque no tenía sentido volver a la misma polémica de siempre. Se encerró en su cuarto.

Estaba decidido.

Se mudaría mañana.

EL TIEMPO HABÍA TRANSCURRIDO rápidamente para Amarilis. En aquel cuarto lloró la pérdida de su primer amor. Nunca comprendió por qué él le decía que no le dijera a nadie el secreto de que ellos eran novios. Ella se lo prometía cada vez que él se lo recordaba en las pocas veces que estuvieron solos. Fue un noviazgo de pocos días y de pocos besos —besos rápidos rodeados de miedos. Realmente no tenían mucho en común, como decía aquella canción que Amarilis gustaba tatarear en aquel tiempo, "mi piel y su piel nunca se llevaron bien." Fue Amarilis quien tomó la decisión de romper la relación de distancia y secretividad.

Así fue y así paso su primer amor.

Evidentemente, pensaba Amarilis, su *teens* pasaron sin mayores acontecimientos.

Fue una adolescencia diferente a la de las jóvenes de hoy día. Hoy la juventud, se decía Amarilis, está desenfrenada. A ella le hubiera gustado haber tenido más libertad para compartir con las pocas amigas que tuvo, o ir a fiestas sin tantas amonestaciones y consejos. Pero claro, se decía, no envidiaba la juventud de hoy con todos sus aretes prendidos en la nariz, en la boca, en las cejas, en la lengua, hasta en sus partes púdicas; traspasado el ombligo mostrándolo como signo de triunfo o los cuerpos tatuados con flores, mariposas, escorpiones, signos chinos como marineros realengos. Por otro lado, sí les envidiaba la soltura y las oportunidades que tienen de tomar sus propias decisiones, el valor que tienen de decir no o sí cuando se amerita, y su forma maravillosa de desconocer el miedo.

Su madre, sin embargo, todavía la veía como una adolescente que necesitaba de su mano para guiarla por la vida, tomando decisiones por ella, queriendo pensar por ella. No, ya está bien, se dijo. De hoy en adelante ella solita se bastaba. Claro, no podía dejar abandonada a su madre y menos ahora que su padre había fallecido y la madre estaba enfrentándose a unos cambios inesperados. Nadie está preparado para perder un familiar tan cercano y menos cuando es una muerte repentina. Pero ella no se iba a morir, solamente se mudaría a un apartamento en un lugar cercano. Tal vez es prematuro dejar a su madre, pero ésta es una decisión tomada antes de su padre fallecer. Lo que no estaba previsto era que él muriera de un ataque al corazón, así, sin contar con nadie, sin avisar.

Ahora la madre estaba prácticamente poniendo la situación más difícil. La comunicación entre ellas se iba deteriorando y cada día que pasaba, especialmente desde que la madre tuvo conocimiento de sus planes, la situación era peor. La madre salía con unos argumentos que nada tenían que ver con la mudanza. La noticia de Amarilis la tenía desconcertada; estaba que no cuajaba y aprovechaba cualquier situación para decirle algo que la hiriera. Era simple: la hija deseaba una vida independiente. La madre no podía comprender porque en esta casa su hija tenía su cuarto con todas las comodidades posibles, podía usar el teléfono cuando quisiera, salir con sus amigas, usar su carro cuando lo necesitara, en fin, según la madre, lo que le faltaba era sarna para rascarse. Porque mira que ella y su difunto esposo se esmeraron por darle la mejor educación, la mandaron a un colegio católico donde todas las asignaturas, excepto la de español, eran en inglés, se habían preocupado por darle una educación intelectual que ellos no tuvieron, y ahora su hijita quería irse lo más lejos posible, sin importarle que su madre viuda se quedaría sola, se decía.

Insistiría. La haría entrar en razones para que se quede, pero si a pesar de todos sus ruegos ella decidía irse, la dejaría ir. Ya verá ella lo difícil que es la vida, se decía. Viviendo sola las cosas serán diferentes, quién le hará la comida y la cama todos los días y quién le lavará y planchará la ropa, ya verá, no es lo mismo llamar al diablo como verlo venir, se consolaba. No obstante, cuando su hija le dio la espalda y casi la dejó con la palabra en la boca, no pudo detener el recuerdo de su propio pasado.

Ella también, hace tiempo atrás, tuvo que tomar una decisión irrevocable.

Tenía diecinueve años, con una figura esbelta, una piel lozana y facciones algo finas que le proporcionaban un perfil altanero para aquél que no la conociera. Después de terminar su escuela superior, simplemente, casi sin afán, trabajaba en una tienda de ropa de hombres de mediocre calidad. Allí conoció a Pablo. Desde un principio le aclaró que ella no lo vería en la calle, que tenía que ir a hablar con sus padres y visitarla en su casa. Pablo le aseguró que así haría. Fue su primer y único novio. Desde que llevó a Pablo a conocer a sus padres, ellos, aunque de forma sutil, se opusieron a esa relación, especialmente la madre. Desde un principio le advirtió que peinaría grifería en sus hijos, aunque el novio no era negro, sino un trigueño donde se notaba la mezcolanza de todas las razas. Hubo algunos enfrentamientos al ella tener que defender su amor por ese joven de campo, de manos callosas, pero amoroso, lleno de una espiritualidad que lo distinguía. Por otro lado, todas sus hermanas, en total cinco, les pareció un hombre guapo, aunque no refinado. Finalmente, él se ganó el cariño de los suegros y les prometió que su hija iba a salir casada de su casa, como se merecía. El día de la boda, ella vestida de blanco frente al espejo y su madre ajustándole su corona de azahares en su cabeza de pelo negro y lacio le dijo, "Amalia, hoy eres la más bonita de todas mis hijas." Estas palabras bastaron para hacerla feliz y comenzar una nueva vida junto al hombre que iba a ser el padre de sus dos hijos.

Esta vida nueva como pareja comenzó en una casita en la Calle Los Ángeles en Santurce, muy cerca de la antigua vía del tren, la que para los años cincuenta el gobierno eliminó, tal vez a raíz del mejoramiento de carreteras en la isla y el aumento de adquisición de carros por ciudadanos particulares. La casa era sumamente pequeña, apenas para tres personas, pero con el tiempo, Pablo, con sus propias manos y esfuerzo añadió cuartos, agrandó considerablemente la cocina, hizo una salita de estar y una terraza en la parte trasera de la casa donde solían pasar las tardes de bochorno. Luego, cuando el gobierno decidió construir el Expreso Las Américas, el cual daría comienzo a un expreso que cruza la isla de norte a sur, fueron expropiados y con lo que recibieron compraron una casa más moderna y espaciosa en una urbanización en Bayamón. Aquí vivirían el resto de sus vidas, hasta que la muerte sorprendió a Pablo.

Pata entonces, la madre de Amarilis debía dejar marchar a su hija a una nueva vida. Así mismo, debía de aprender a manejar su vida de soltera nuevamente, alrededor de su hijo, quien tenía su vida enfocada en los estudios y una novia que lo acaparaba todo. Dolía, sí; además, no era amiga de la soledad.

Era evidente que Amarilis valoraba todo lo que sus padres habían hecho por ella, pero sentía que ya era hora de irse, de alzar vuelo, de enfrentar la vida de otra manera, sin deberle nada a nadie de lo que lograra, y si fracasaba, pues pa'l carajo, seguir adelante, pero no tendría que dar cuenta absolutamente a nadie. No estaba en la misma posición de su madre, quien encontró marido a los diecinueve años. Ya era una adulta y todavía no había encontrado a su pareja y, claro, no se iba a tirar a casarse con el primero que le saliera al paso. Pronto tendría treinta años. No. Prefería estar sola a estar mal acompañada. Entendía que no iba a ser fácil porque todo, hasta ahora, se lo habían dado masticadito, en su boquita de niña buena. Pero ya había que poner el punto final. Esto se acabó, se dijo Amarilis. Y se armó de valor y se lo dijo a su madre, aunque ya de antemano sabía cómo su madre iba a reaccionar. Tal vez, si su padre estuviera vivo la decisión de irse a vivir sola hubiera sido más fácil porque su madre no se sentiría tan sola. La muerte inesperada de su padre parecía estropear sus planes. Pero no, la decisión estaba tomada, pa'l carajo los miedos y los consejos, era una decisión tomada antes de su padre morir y la iba a llevar a cabo aunque el espíritu de su padre la halara por las patas. Claro, estaría siempre pendiente de su madre. Además, su hermano vivía también en la casa y por lo que parecía estaría al lado de la madre por mucho tiempo porque era un poco vago, poco emprendedor y apendejao. Amarilis no iba a dar su brazo a torcer. Ya se le pasaría el berrinche a su mamita, aunque apreciaría que ella la apoyara en su decisión. Pero le dará tiempo al tiempo y como el tiempo sana las heridas, algún día su madre comprenderá su necesidad de tener una vida independiente, de irse sola a formar su futuro. Ella se decía que si todo le salía mal ella sería responsable, pero igual, si todo le salía bien ella se sentiría satisfecha. Y a volar pichón....

Jueves primordial

ALÓ... HOLA MAMITA... BENDICIÓN...Sí, acabo de llegar...
Te digo que todos los días no son iguales... que ¿ por
qué?... fíjate, hoy, por ejemplo, ha sido un día horrible.
Me desperté tarde, la guagua pasó y no paró a pesar de
que por poco me disloco el hombro tratando de hacerle
señas al chofer para que parara. Para más, se me rompió
uno de los broches del brassiere y, luego, en la oficina,
buscando unos sobres en el armario se me desprendió el
otro broche y me quedé con las tetas al aire... Pues claro
que sigo tus consejos... sí, sí, ¡gracias a Dios que siempre
tengo alfileres, imperdibles, aguja, hilo y hasta un dedal
en la cartera como tú me has dicho!... Pero el colmo fue,
cuando empezó a llover y se me encrespó el pelo después
de haber pasado media hora tratando de estirarlo para
que luciera lacio y sedoso... sí, fui al biuti... pero de nada
me sirve pagar un montón para que me lo alisen porque
cuando llueve y tenemos un día caluroso y húmedo el pelo
se emperra y por nada se quiere mantener en su sitio, tú
sabes... no hay moose ni spray que lo dome... ¡Qué día!...
Después de todo, no ocurre lo que de verdad me interesa...
que el condenao ése se fije en mí... sí, el casi vecino
ues no vive tan cerca... sin embargo, lo vi haciéndole
cucasmonas a la idiota de mi vecina... sí, sí, la misma...

¡Cómo si fuera una gran cosa! Es chumba y media puta...
Bueno Mamita, debo calmarme, por lo menos estoy viva
e indiscutiblemente ese tipo no es para mí... Eso es así...
Mejor es que me ponga a hacer el ritual de los hechizos
que encontré en el Internet... ¿Hechizo? no, no me gusta
esta palabrita... pero es la que usan los que saben de estas
cosas... Sí, sí, es que deseo encontrar al varón que le falta
una costilla y esa costilla soy yo... Bueno, eso es lo que
dice la Biblia... ¡Ah! entonces ¿no eras tú la costilla que le
faltaba a Papi?... Esto es un vacilón, Mami, no lo cojas a
pecho... Sí, claro que respeto la Biblia...bueno, pero como
te dije, voy a seguir las instrucciones al pie de la letra
¡para atraer perspectivas idílicas!... a ver si algo se pega...
tú sabes que no he tenido un novio que valga la pena...
¿Quién? ¿Miguel, el que estudiaba para ingeniero?...Pero
bendito Mami, es una buena persona pero no recuerdas
que salió del closet y ahora vive con otro...desde que
estoy trabajando no he podido conocer a un hombre que
merezca mi respeto y mi amor, el que no tiene dinga tiene
mandinga... en este aspecto me parezco a ti, pues soy
bastante exigente... Bueno, bendición y llámame mañana
que me gusta oír tu voz, aunque tú no lo creas... cuídate...
Sí, sí, no te preocupes que yo no olvido de ponerle el
seguro a la puerta... Te lo agradezco... Que descanses...

CON TODA FRANQUEZA, debo reconocer que mi Mami me hace falta, coño, pero ni modo, tenía que independizarme... ya soy una adulta y ella me trata como a una nena... yo sé cuánto le dolió mi mudanza... la pataleta que formó no tiene nombre... por eso no le dije nada cuando comencé mis planes de mudarme porque hubiera formado una pataleta todos los días y tal vez me habría mudado antes sin planear todo perfectamente como lo hice... que si por qué no puedo vivir con ella, que lo que pasa es que quieres independizarte para salir con mengano y perencejo, aquí estás cómoda, como ahora ganas buen dinero no necesitas de mí, ahora que estoy vieja me dejas sola cuando más te necesito... y dale con el culo al seto... si la hubiera escuchado, nunca me hubiera mudado y la cantaleta hubiera sido una letanía insoportable... Bueno, deja relajarme y empezar con la primera parte del hechizo... mejor dicho, ritual. Es jueves, con luna creciente, aunque no la he visto pero el almanaque dice que es luna creciente y yo lo creo y estoy en la primera hora después del crepúsculo. Prendo mi velita color morado, para seguir las instrucciones. ¡Aaah! Necesito la fuente de agua. Aquí detrás de la vela. Así. Todo frente al espejo... el agua, la vela y yo que me pueda reflejar en él. Según las instrucciones, debo concentrarme en mi belleza y estar completamente desnuda... se me hace un poco incómodo el mirarme en el espejo desnuda, pero debo de seguir las instrucciones si quiero que surjan efectos positivos de estos hechizos. Tengo que concentrarme... mis ojos son color canela... ¡Oye! Échate pa'acá que nunca los había visto así... tan fijamente como para examinarlos...no son feos, bueno, la verdad, no son espectaculares... digo, no tienen ni gota de parecido a los de Sofía Loren... pero, ahí vamos... tampoco son tan feos que digamos... tienen un algo y cuando me maquillo y coordino la sombra con colores suaves y luminosos se ven presentables... los tonos tierra me van muy bien... sí, tengo que concentrarme en mi belleza... ¿Cuál belleza? Bueno... la que tenga, carajo... que no soy tan fea... tengo una nariz algo mixta porque a veces se me ve perfilada para los lados como dice mi mamá, medio chatita, dependiendo del ángulo, pero no es fea, no está aplastá como la de Celia Cruz... he aprendido a camuflajearla cuando me maquillo... mis cejas son abundantes, algo rizadas, las hubiera preferido más lacias... ya tengo algún crecimiento... sí, tengo que limpiarlas... en mi frente se me ve toda la raíz taína, tiene un ángulo hacia atrás que la hace amplia y me da un *look* de indígena que me gusta... mis pómulos también tienen algo mixto, un poco levantados como las mujeres negras y me dan una apariencia de una mujer fuerte y conquistadora... mis labios y mis dientes... no son perfectos pero me gustan... los labios son carnosos, como quisieran tenerlos muchas modelos de ahora... yo no tengo que gastar en cirugías plásticas o inyecciones de colágeno para ponerlos gruesos, con mi benbita me conformo... tengo que ir a mi dentista a hacerme una limpieza en los dientes, pedir consejos para un blanqueador de esos que están de moda, digo, no están mal, pero pueden estar mejor y ¿por qué no? yo me lo merezco... mis hombros son bastante cuadrados como dicen que tienen las modelos... y mis senos, no me había fijado, pero se ven firmes y miran directo al espejo con unos pezones rosados como deben de tener las mujeres que no han tenido hijos... ¡Hum! No están mal, y no me había fijado pero tengo un lunar en el derecho que lo hace verse interesante y le da gracia... ¡Ay, cará! Que me estoy convirtiendo en una Narcisa cualquiera... pero la verdad no estoy tan mal... mi vientre se ve plano y mis caderas se ven recogidas y me dan buena figura... en fin... que... ¡Me gustas, condená! como me dijo el borrachón de mi vecino con cinco hijos... ¡San Alejo, aléjalo!... Mira que me quejo de mi suerte... pero hay otras más feas que yo...

como dicen, todas las mujeres tenemos algo bonito... yo
sé que soy digna de tener un amor y tiene que aparecer
algún marchante que me desee con todas sus fuerzas...
porque... mirándome bien, no soy fea y tengo un cuerpo
aceptable... no soy una Jennifer López, pero ahí vamos...
mis muslos están firmes y las piernas un poco flacas pero
como me dice el Arnold Schwarzenegger del gimnasio,
si hago ejercicios las puedo mejorar... las piernas son
importantes pero no tan importantes, me puedo poner
minis y me veo bien... espejito, espejito, ¿quién es la más
bonita? pues yo, quien va a ser, si no hay otra mujer en
esta habitación frente a este espejo... creo que me estoy
saliendo fuera del ritual. Ahora, así concentrada... a la
oración... menos mal que no tengo que aprenderla de
memoria porque no soy buena para memorizar... "Por la
gracia del universo y por la abundancia del amor, declaro
ser muy deseable y estar abierta a la mani... no, manu... no,
no...muuniificennncia del amor que a mi alrededor está.
El flujo del amor, del romanticismo y de la camaradería
es eternamente abundante, y teniendo presente el bien
mayor, creo y atraigo el enamoramiento." Amén. Ahora...
con las yemas de mis dedos me mojo mi cabeza, la boca
y el centro de mi corazón, amén, amén, amén... ¡Jum!
Como una trinidad... así soy, una trinidad y soy un solo
dios dentro de misma... me imagino que esto es lo que
quiere decir las instrucciones. Cuando llego a la palabra
esa de muuuniiifiiicencia se me traba con manificiencia
o munuficiencia, que se yo, tengo que buscarla en el
diccionario la próxima vez. Voy a llamar a Janina a ver
como está... mi amiga que no sale de una para meterse en
otra... a ver condená... contesta... suena pero no contesta,
a lo mejor está putiando por ahí... ya es hora de que se
compre un contestador automático... Bueno, no voy a
ver televisión, es tarde, mejor voy a acostarme... espero
que mañana sea un día mejor... aunque debo de ver el

pronóstico del tiempo para saber si mañana también va a llover... ¡Ay, no, lo puedo ver por la mañana cuando me levante... si llueve, me recojo el pelo y así me evito la rabieta conmigo misma y toda mi raza... Creo que mejor voy a tratar de terminar la novela de Gioconda Belli... ¡Uf! ¡Qué sueño! Y tan interesante que está la trama de la novela, una mujer revolucionaria, pero ¡una indígena reencarnar en un árbol de chinas!... ¡Qué ocurrencia! Voy a llamar a Janina otra vez... su número de teléfono tiene una combinación interesante...

—ALÓ... CONDENÁ, ¿dónde estabas?... ¿Otra vez con el tipo ese? pero mija, no escarmientas... Siempre con la misma excusa... Bueno, allá tú... Sí, sí, lo sé, pero ten cuidado... No permitas que te hinche el otro ojo... Pues yo estaba haciendo el ritual... ¿Cómo que qué ritual? el del Internet como te dije... Luego te voy a dar copia para que... No es cuestión de creer en supersticiones, es cuestión de tener fe... Bueno, sí, si quieres lo lees y luego decides... Yo estoy entregá... a ver si consigo algo que valga la pena... Chica, te llamé para saludarte y saber de ti... Cuánto me alegra que estés feliz como una lombriz, como tú dices... Claro, claro que te creo que eres feliz, tu tono de voz es uno de regocijo... Bueno amiguita, luego hablamos y ya te contaré si me sucede algo excitante, ¿Vas a salir mañana por la noche?... Sí, nos hablamos... Hasta luego... ¡Qué sueñes con los angelitos!

MI MEJOR AMIGA... no escarmienta... la persiguen los hombres abusadores... bueno, es que ella se deja abusar... algunas mujeres nacemos para ser abusadas... no, no, qué digo, eso no es así... a una la abusan si una se deja... lo que pasa es que se da con ella... conmigo sería otro cuento... lo único que puedo hacer es aconsejarla... ya ella es una adulta y bastante inteligente, debe saber lo que le conviene... hay seres así, los que abusan y los que son abusados... Ahora sí que tengo sueño, quiero amanecer fresca y descansada... A la camita, pero antes debo de decir mi jaculatoria de siempre: Jesús, José y María, os doy el corazón y el alma mía. Jesús, José y María, asistidme en ...

CUANDO MI PADRE, un nitaino como otro cualquiera, supo sobre la llegada de unos hombres diferentes tembló de emoción junto a todo el valle del Turabo. Al igual que los demás hombres del yucayeque, quiso llegar hasta la orilla para verlos con sus propios ojos. Tenía que ver para creer. La noticia no era clara. No llegaba completa. El Cacique Caguax ordenó a un grupo de nuestro yucayeque a que fueran a investigar el acontecimiento. Allá fueron y mi padre entre ellos. Corrieron entre las montañas, con dirección al norte, a la pequeña isleta donde estaba la laguna. Cuando llegaron, ya los hombres extraños se habían despedido. Solamente quedaron como evidencia aquellas piedras raras en colores y unas cruces pequeñas que los hombres extraños les regalaron a los nuestros y éstos se las pusieron en el cuello como lo hacían los extraños. Nuestros hombres dicen que uno era el cacique porque era el que daba órdenes. Le llevaron agua fresca, que era lo que más necesitaban; y, ¡que suerte tuvieron! Llegaron a la isla aguada. Los caguax regresaron tristes y desencantados, con dos piedras que nuestro supremo Agüeybana le envió a nuestro cacique. El regalo era una señal de que los seres extraños vinieron y que la espera ya había terminado. Los extraños prometieron volver. No sé cómo nuestros hombres comprendieron su mensaje, pero parece que sí tuvieron una comunicación efectiva a pesar de la diferencia de lenguas. Dice mi padre que el supremo Agüeybana tenía una mezcla de alegría y miedo. Le tenemos miedo a los maboyas que son fantasmas nocturnos y, tal vez, Juracán ha hecho que se presenten también durante el día. Agüeybana y nuestros sacerdotes no podían explicar con exactitud lo que estaba pasando en nuestra historia. Todos estaban confundidos. Nuestro cacique no sabía si esto era obra de Jukiyú o Juracán. Por lo tanto, los bohiques, nuestros sacerdotes, aconsejaron que hiciéramos ofrendas a nuestros dos dioses, especialmente para que Juracán no se fuera a ofender y nos mandara su castigo. Yo, por mi parte, también le hice una ofrenda a Atabex, para que si la aparición de los hombres extraños era asunto de su hijo inmortal Jukiyú, ella nos siguiera amparando en su seno y nos guiara con bien hacia ellos. Hace tiempo que Juracán no nos castiga con su fuerza, pero mi padre cree lo que dicen los bohiques, que pronto vendrá un castigo. A lo mejor la llegada del extraño es un castigo peor que los vientos del dios Juracán. Yo visité el lugar de reposo de mi abuela, porque ella era sabia y lo puede ver todo. Por medio de su cemí, me hizo saber que algo significante me iba a pasar y me trajo a la mente el sueño absurdo que tuve hace un tiempo y que esa mañana, al amanecer, vine corriendo a contárselo a mi abuela, pero en ese momento no tuve ninguna revelación de parte de mi sabia. Soñé con un ser desconocido, con un físico blanco como la luna, vestido de manera diferente que no pude explicar porque nunca antes lo había visto. Era un atuendo que cambiaba de colores según por el lado que se le mirara, de momento resplandecía y de momento se obscurecía, que me produjo tal confusión que no logré distinguir colores. No quiero compararlo con el arco iris porque éste tiene colores definidos que desfallecen en otro en una armonía única. Además, algo que llamó mi atención fue su artefacto de transportación. Éste respiraba y emitía unos sonidos agudos que hacía temblar la tierra y de sus ojos centellantes se desprendían chispas de fuego junto una mirada que podía adivinar nuestros pensamientos. Y, según le dijeron a mi padre, los extraños llevan vestidos muy raros, como si fueran a una ceremonia. ¡Ay Yukiyú! Líbranos del enemigo según nos has protegido de los caribes, imploré llena de miedo. A mi abuela, le dejé agua y comida por si necesita en su largo viaje. Luego me teñí mi lacio cabello con achiote como me indicó el espíritu del cemí de mi abuela. Mañana tendremos otro amanecer y, como es luna llena, en la noche tendremos nuestro areyto...

Viernes social

Gracias a Dios que es viernes, que cansada estoy... este condenao jefe se está exagerando con esto de trabajar hasta tarde los viernes... voy a tener que pararle el caballito... ya llevo tres viernes saliendo tardísimo... bueno, unos chavitos extras no vienen mal... además, yo no tengo mucho que hacer... pero de todas maneras, el viernes es el día social según lo declara la Constitución... si me oyen los senadores, me deportan a la isla de Mona... ¡A socializar todo el mundo!... con Mengano y Perencejo... lo que pasa es que a muchos lo que les gusta es chochalizar... por eso es que todo está patas arriba... pero con esta curita sí que no... si socializar significa meter mano con el primero que aparezca... eso no va conmigo... ni antes ni después del SIDA... ¡Ay! Almorcé tanto que no debo comer más en lo que resta del día... no sé si iré por ahí con Janina... ahora no tengo ganas, quizás me anime luego y me doy mi vueltita por los alrededores... ahora que no tengo carro tengo que depender de otros... tengo que ver cómo puedo economizar para comprarme un carrito... aunque sea usadito... voy a prepararme un sandwich... sí, así no gasto dinero comiendo afuera... que las cosas no están como empezaron... ¡Están peliagudas!... jamón y queso blanco... bueno, queso amarillo... es lo que hay... no está mal... sólo una rebanada de jamón... y por qué no dos... es *low fat*... Bueno, ahora al ritual para atraer perspectivas de idilio... déjame buscar las instrucciones. Viernes, con luna creciente, en la tercera hora de la oscuridad... no estoy segura si ya es la tercera hora pero creo que estoy cerca... bueno, cuando del tiempo se trata, siempre debe haber flexibilidad, no debe ser algo tan riguroso... esa es una filosofía hispana que me encanta... pero eso sí, según leí, nunca se debe hacer estos hechizos... no se deben hacer con la luna menguante, o sea, después de luna llena y hasta la luna nueva... con la luna menguante el poder para manifestar el amor se desvanece, pero en creciente ese poder aumenta... la luna representa la parte emocional de la vida... rige el amor... yo espero estar comprendiendo todo esto correctamente porque de lo contrario estoy frita... se me echa a perder el ritual... tendré que llamar a Walter Mercado que se ha hecho millonario con la pendejá de las estrellas, la luna y toda la constelación... A ver... ¡Ah! Hay que ofrecer el ritual a la Diosa Venus... Venus, la diosa del amor... ¡ay! el sueño de anoche... una princesa o una diosa hablándome de los taínos, pero no puedo recordar bien, debo poner más atención a los sueños... bueno, al ritual... esto si me gusta... rosas rosadas... ¡Carajo! que me costaron un cojón... ya las tengo puesta en un jarrón con agua... en el que me mandaron las flores los compañeros de la oficina cuando me operaron de apendicitis... ¡qué susto! y que dolor tan horrible... y el pendejito con el que estaba saliendo ni un clavelito me mandó... bueno, lo pasado, pasado, no me interesa, como dice José José... en un recipiente cóncavo... el que tengo no es tan cóncavo, pero es lo que tengo... debo de poner cuatro cucharadas de lavanda... ¡Qué rico huele!... un trozo de manzana roja con su piel... menos mal que mi hermano no vive aquí porque es capaz de comerme la manzana y me jode el ritual...y cuatro gotas de agua... ¿Por qué cuatro? Tengo que investigar el significado del número cuatro... algún símbolo importante tiene que tener... Ahora, enciendo la vela rosa... menos mal que aproveché el especial de velas de Walgreens, porque con tantas velas en estos rituales me llevan a la quiebra total... ahora la oración en voz alta... "Estoy abierta al amor, atraigo el amor, doy amor en mi vida y por el bien mayor. Venus me trae amor para que juegue, me deleite y goce." Amén. Ahora, un mordisco a la manzana. Tengo que guardar los elementos de la ofrenda para quemar o desecharlos en el plenilunio siguiente. ¡Qué instrucciones más enredadas!... de aquí a allá se me pudre la manzana... me imagino que tendré que quemar las flores que ya estarán marchitas. Yo pensaba comerme la manzana, por aquello de que si uno come y sigue con hambre es mejor comerse una fruta y una manzana es la aconsejada... bueno, en otra ocasión... ¡Ay! El teléfono... siempre suena cuando menos una se lo espera...

—ALÓ... SÍ, SÍ, MAMITA, SOY YO... ¿Cuál es el chisme?... Pero calmate... ¿Quién? ¿Tu sobrina?... ¿Qué le pasó?... ¡Ay bendito! pero no te apures por eso... es que ahora esa es la moda... sí, los novios viven juntos para ver si se llevan bien... sí, claro, en el acto sexual... pues... y si después de un tiempo no se satisfacen uno al otro pues se dejan... bueno, Mami, eso era en tu tiempo... ahora, se piensa en una boda a todo dar cuando ya están cansados de meter mano... claro, con velo y corona y por la iglesia... esa es tu opinión, Mamita...bueno, yo no sé cuando me casaré porque ni novio tengo... fíjate que ahora terminé de hacer el segundo ritual... el de la red que te dije... ¿Qué es pecado?... No, pero si yo no estoy invocando al diablo... la oración de hoy era para invocar el amor... ¡Ave María! Mami, tú siempre con tus cosas... no creo que sea necesario preguntarle al Padre Martin... esto es cosa mía... no tengo por qué tener cargos de conciencia... ya me confesaré... Bueno, mejor es que lo dejemos aquí porque, como siempre, vamos a salir peleando... Sí, hasta luego y cómprate un vestido nuevo para Ir a la boda... claro que iré contigo... bendición...

ESTA MADRE MÍA ES UNA MANIÁTICA... mira, y que hacerme hablar con el Padre sobre el ritual... ni loca... a lo mejor me excomulga... y no es para tanto... yo quiero solamente encontrar un novio, no pelearme con la iglesia... que por cierto, debo de ir a la iglesia también... a ver si San Antonio escucha mis oraciones, debo recordarle que de vez en cuando le prendo su vela... ¡Ah! tengo que prenderle la velita a Santa Inés que hoy es viernes, su día... una velita azul... siempre le prendo su velita porque es la santa que puede ayudar a encontrar un compañero adecuado y para que haya sinceridad en las relaciones... esto si lo creo... Pobre Mami, ella se cree que estamos todavía viviendo en su tiempo... ahora el amor se mira de otra manera... antes de tomar decisiones debemos examinar los beneficios que se tiene... eso de una tener que casarse porque es lo propio y es el primer paso que se debe de dar en una relación es algo del pasado que no va con nuestro tiempo... yo no tengo experiencia en este asunto, pero, conforme a lo que he leído, y según muchos que han vivido esa experiencia, vivir juntos para conocerse es una forma de la pareja economizar los gastos de un divorcio, porque los abogados se echan para atrás a pedir como si el dinero se diera en matas de plátanos... la verdad es que, y para ser sincera conmigo misma, tener una boda como Dios manda me hace mucha ilusión... me gustaría casarme con velo y corona... parece que todavía estoy chapada a la antigua, como me diría Janina... me gustaría ver a mis primas y a Janina vestidas como hadas madrinas desfilando delante de mí... y yo, vestida de blanco con un modelo de Carolina Herrera, coronada de azahares... la iglesia adornada con flores por todos lados... me hubiera gustado ir del brazo de Papi hasta el altar y que allí me entregara a mi príncipe azul... mi príncipe azul con su etiqueta negra esperándome en el altar junto al sacerdote y los padrinos... ¡que sueño!... ¡aterriza que no hay tocón!...

creo que no es un sueño mío exclusivo, casi toda mujer sueña con este día... me parece... no sé... ¡Ah! El teléfono... debe ser Janina... ahora me doy cuenta que su timbre es grato cuando una está viviendo sola y, especialmente, si se está enzorrada...

—ALÓ... SÍ, SOY YO... te traje con el pensamiento... aquí estoy soñando con pajaritos preñados... no, no me hagas caso... pues la verdad es que no sé qué hacer... estoy tan cansada... sí, sí, otra vez trabajé hasta tarde... es que mi jefe se cree que una es una esclavita... claro, ya esos tiempos pasaron... bueno, pero me paga extra... y tú sabes, quiero comprarme un carro... chica, que te estoy sacando el jugo... gracias, mi amiga... claro, hoy es viernes social... ¿a dónde tú quieres ir? usted es la que manda... bueno, ven a buscarme... oye, ¿qué te vas a poner?... sí, te queda muy bonito... yo voy a buscar... a lo mejor me pongo el traje rojo, el de la espalda por fuera... siempre me trae buena suerte... a ver si cae algún papizón... oye, y el pelo ¿cómo te lo vas a arreglar?... pues... yo... voy a recogérmelo... sí, es mejor, porque si bailo y sudo así la grifería no se alborota... sí, sí... hasta luego.

—OJALÁ LO PASEMOS BIEN. Ahora tomaré un buen baño... hoy tengo que bañarme siguiendo las instrucciones para incrementar el magnetismo personal... tengo que elegir entre los aceites de rosa, lavanda, jazmín, almizcle o ilang—ilang... estos últimos me fue difícil de conseguir, pero en la Parada 15 se consigue de todo... puedo mezclar las aromas que me gusten...pues... voy a mezclar rosa y la lavanda que me encantan... déjame poner un poquito de jazmín también... en otra ocasión uso los otros dos... para atraer a los marchantes... si no me va muy bien, entonces quiere decir que necesito las otras dos aromas que no usé... espero que todo me vaya bien... que así sea... ¡Ah! eso sí, debo recordar que si conozco algún jevo, según los consejos, no debo usar las palabras que asustan: "Soy la única de mis amigas que todavía no se ha casado," "¡Me encantan los niños!" y "Le caerías muy simpático a mi mamá." Estas frases "ahuyentan" a potenciales enamorados. Últimamente se hacen estudios para todo... pero a mí me conviene... gracias a esos maniáticos que me sirven de guías y consejeros. Dicen que una frase apropiada y que a los hombres les encanta oír es: "Sí, tienes toda la razón." ¡Ay Jesús! con lo poco que me gusta decirla... me cuesta trabajo... a lo mejor por eso no consigo novio... esta noche me voy a armar de valor y la voy a poner en uso... digo, si doy con alguno que me guste... voy a experimentar... voy a poner las palabras en acción... me convertiré en investigadora de la reacción masculina... tal vez la reacción es negativa, pero... podría publicar el estudio... no te metas a competir... bueno, mijita, déjate de pendejadas y prepárate que ya Janina debe de estar por llegar y no estás ready...

Sábado de relajamiento

He dormido tanto que creo que podré estar levantada hasta mañana. Lo del viernes social nos dio fuerte. Esa Janina ve a un hombre y se le quieren salir los ojos... es más, se le caen los panties... pobrecita, si fuera bonita no tuviera que exagerarse tanto ante los hombres, pero la condená tiene ese algo, tiene un imán que atrae... menos mal que su novio estaba trabajando y pudimos disfrutar solas sin ese perturbo al lado nuestro... pero yo tengo una suerte del carajo en cuestión del amor... el primer tipo que me saca a bailar era casado... con el segundo, que según él es soltero, traté de usar todos los consejos habidos y por haber, desde el no decir las frases inadecuadas hasta estar de acuerdo en todo... dos piezas... y divisó a otra rubia que andaba por allí con las tetas por fuera y allá... a volar que el sol cambea... y ¿esto qué eh?... ¡Ay bendito!... Qué jodía mala suerte... con lo bueno que estaba el cabrón... ya se me estaban saliendo las babas... ya estaba haciendo celebrito con el muy... bueno... por algo será que Dios me lo quitó de mi lado... tendré que seguir con mis rituales... alguien caerá. Cuando no es una cosa es otra... todavía estoy esperando la llamada del que conocí hace como dos meses atrás. A lo mejor Mami me lo espantó... todavía me pongo furiosa con ella cuando me acuerdo de lo que le dijo al CPA...¡Y que decirle que a su hija no puede estar llamando porque ella es una monja del Buen Pastor!... ¡Qué barbaridad! Ni loca vuelvo a darle su número de teléfono a un prospecto que conozca... tal vez será mejor que me compre un celular, así tampoco me llaman a la oficina y reservaría ese número solamente para esas gestiones... digo, si no cuesta mucho... aunque todo el mundo anda con uno pa'arriba y pa'abajo y con los dichosos bipers ni se diga... pero yo estoy afixiá... debo de economizar para comprarme un carro... es algo imprescindible... Mami quería que usara el carro de Papi, pero no, me las voy a arreglar yo solita... tengo que empezar por ahí, adquiriendo lo necesario con mi propio esfuerzo... además, mi hermano lo necesita más que yo, su trabajo le requiere un carro... ya me falta muy poco dinero para dar un buen pronto y comprar el carro que me guste, a mi antojo. Bueno, hoy es sábado, voy a dedicarme el día... me voy a tongonear, como decía papá... como ya no tengo quien me tongonee, pues me haré un auto—tongoneo... me arreglaré el pelo... un tratamiento de grasa... unos rolitos... me pintaré las uñas que las tengo horribles... me daré un pedicure. Voy a comprarme una computadora, así podré leer las noticias de la red y tener mi *email* aquí en casa... seguir consejos de belleza... además, podré chatear con alguien, como dicen... no sería una mala inversión. Así fue como Andrea consiguió el americano y se casó con él, con velo y corona... yo no pido tanto porque de la isla no quiero salir, pero, carajo, que me caiga algo... además, no soportaría estar masticando el inglés el día entero con la persona que amo... aunque ella dice que ya él habla bastante español... también me dijo que allá, en gringolandia, no tiene problemas con mantenerse el pelo bonito, porque no hay tanta humedad... ese es un punto a su favor, digo, en mi opinión... quizás mis amigas tengan razón, estoy algo obsesionada con el pelo... debo de aceptarme como soy, como me dice el horóscopo... como quiera, debo cuidar mi persona y una forma es teniendo el pelo arregladito y saludable... además, esto me da seguridad en mí misma. Hoy no voy a salir... Janina va a salir con su amor que más es su enemigo... como en la película, ella duerme con el enemigo... a lo Julia Roberts... digo, en la película, porque en su vida real dormía con Benjamin Bratt que está como le dá la gana... Bueno, me quedaré aquí disfrutando de la soledad, que a veces es una buena compañera... además, ¡este apartamento es tan acogedor!... ¡Qué suerte tuve! pues la dueña dice que había unas cuantas personas interesadas... pero el destino es así, lo que está para uno se escapa ... la idea de arreglar y acomodar los muebles siguiendo la clásica ciencia china del *feng shui* para lograr felicidad me parece que da resultados... los colores, en especial el blanco, el gris, negro, azul verde, rojo, amarillo, rosado tienen una gran importancia para lograr felicidad... la combinación de metales y madera da estabilidad... teniendo todas estas ideas en mente he organizado mi apartamento que parece una joya... digo, se ve elegante con estos cuadros de paisajes con colores suaves y soñadores.. unos muebles de ratán cómodos y material floreado, siempre pensando en los colores de *feng shui* pero sin olvidar el lugar tropical donde habito... además, hay que mover las cosas y cambiar la forma de vida para atraer amor, dinero, respeto y felicidad... espero que así sea porque tuve que invertir más de lo que tenía en el presupuesto, pero sé que espiritualmente le voy a sacar provecho... ¡Qué vista tiene mi apartamento!... El mar ha estado tan tranquilo en estos días... no se parece al mismo mar de cuando llegó Hugo y George... ¡Uy! Ni recordarlo. Hoy es mi día de relajamiento, de quererme, admirarme, alagarme, para atraer las ondas positivas... hace unos días me pareció ver una pareja metida en el mar haciéndose el amor... al vaivén de las olas... bueno, la naturaleza se presta para todo... también he visto familias almorzando a la orilla de la playa... los niños corriendo... los padres embelesados mirándose a los ojos y susurrándose secretos... es reconfortante ver parejas verdaderamente enamoradas... ¡Ay! No puedo negar que me da un poco de envidia... pero cuando veo los niños jugando y tratando de hacer figuras con la arena siempre me recuerda la historia sobre San Agustín que nos hacían las hermanas en la clase de religión... que si un niñito quería meter todo el agua del mar en un hoyo hecho en la playa y San Agustín le dijo que eso no era posible y el niño le dijo que tampoco era posible descifrar el misterio de la trinidad de su meditación... a veces eso nos pasa a todos, queremos meter todos nuestros problemas, alegrías, sinsabores, pasiones en un solo corazón y se nos desborda... ¡qué paisaje tan hermoso! te satura los ojos, el corazón y los sentidos de alegría y paz... aquí desde mi balconcito tan acogedor puedo divisar los barcos que atracarán en el muelle de San Juan como un día lo hicieron los españoles... ¡qué historia tan larga la nuestra! pero como que no nos importa mucho... es algo que se ha perdido en el tiempo... se la han llevado los huracanes... ¡qué brisa tan rica!... siempre la misma... nunca nos desampara por más calor que haga... si buscas la sombra, encuentras la brisa fresca... estoy tan feliz de vivir independiente... tenía miedo de vivir sola, pero debí de haberlo hecho antes... no niego que extraño a Mami, su comida, su arroz con pollo con las habichuelas marca diablo, pero en especial, la gandinga, nadie la hace como ella... con el sabor a clavos de especia... no sé por qué tenemos que esperar a las navidades para comerla... pero lo que más extraño es el olor personal de Mami... ese olor que conozco desde el principio de mi existencia y que me ata a ella... un día de estos la voy a invitar a que venga a pasar el día conmigo... tengo que poner de mi parte para no seguirle la discusión o contradecirla... ¡Qué bien me han quedado las uñas!... Pude haber estudiado para biutician... ¡Ay! no, no me gusta bregar con el pelo de nadie... bastante manía tengo con el mío... voy a prepararme un sandwish de tuna con cebolla y un poquito de mayonesa... tomate y lechuga... y a mirar a lo lejos para descansar la vista y el espíritu... una música suave... unas baladas... la Ednita... que es mi consejera... "Quiero que me hagas el amor..." canta la ponceña... como si fuera tan fácil... bueno, de la boca pa'fuera es un mamey... primero tengo que buscarlo... pero, por mi madre, que me gustaría cantarle esta canción a algún jevo que sea buena gente... lo difícil es dar con él... además, porque ellas canten estas letras de las canciones no quiere decir que son felices en sus vidas privadas... bastante problemas tienen en sus relaciones sentimentales... mas, ese no es problema mío... voy a escuchar una que otra salsa también... música que da alegría aunque tengamos ganas de llorar... te borra los momentos tristes... nos hace olvida. Bueno, nenita, a otra cosa... el ritual de hoy es para protegerme de la energía negativa... ¡Cómo pasa el tiempo! ya es la tercera hora del atardecer... hora del ritual... con luna creciente... a ver las instrucciones... hoy voy a hacer un amuleto para protegerme de la energía negativa... esto no se lo digo a Mami porque pone el grito en el cielo. Enciendo una vela blanca... ahora pongo la tela de algodón azul que ya corté de forma circular... mira, que el gallego quería venderme la más cara y yo solamente quería un pedacito para este ritual y la más barata tiene el mismo efecto... ¡Viejo pillo!... Al ritual mijita, olvídate del viejo... tengo que concentrarme... ahora en el medio del círculo pongo la piedra ónix... que trabajo me dio conseguirla porque la idea que tenía de esta piedra era algo vago... pero la conseguí... ésta es la que se usa para hacer camafeos... mirándola bien es tan bonita, es oscura pero se puede apreciar su variación de colores, es como un arcoíris en la oscuridad... transmite inteligencia, sabiduría... a los griegos les fascinaba usarla para hacer sus figuras... ¡Ah, sí! Porque hasta he tenido que hacer mis investigaciones o *research* como dicen por ahí... aquí en este ritual me imagino que la piedra ónix significa mi figura bien tallada... así la veré... transmitiéndome toda la sabiduría que necesito... cuatro granos de pimienta... y una pizca de sal... la mejor combinación de colores y sabores... y unas gotas de zumo de limón... ahora formo una bolsita con la tela y la ato con cuatro vueltas de hilo blanco y la cierro... y es mi amuleto... ahora digo en voz alta: "Doy fe y proclamo que este amuleto es la unidad del poder elemental y la protección. En la fuerza de un bien mayor, este amuleto sirve para protegerme. Bendigo su poder y ofrezco mi gratitud por el servicio que me presta. Que así sea. Y así es." Amén, amén... ¡qué oración tan poderosa!... pero y ¡dále con el cuatro!... cuatro granos de pimienta... ahora sí que tengo que averiguar este asunto del número cuatro... lo único que recuerdo son los cuatros caballos del apocalipsis... pero no veo la analogía con el rito... Bueno, ahora a dormir... que según los consejos de belleza, no debemos de pasar malas noches y menos perder el sueño durante noches corridas porque produce una vejez prematura... mañana voy a tratar de ir a la iglesia y Janina y yo daremos un paseito por la playa... ¡Qué sueño!...

SÍ, SOY NEGRA ¿Y QUÉ? Soy una yoruba. Estoy perdida entre unas razas que desconozco y que no me estiman. No sé cómo regresar a mi tierra. Ya no tengo esperanzas de regresar a mi tribu y a mi familia. Nunca pedí, ni siquiera a mis dioses, venir a esta región y mi padre nunca llegó a un acuerdo que permitiera ese viaje. Cuando llegamos a tierra, después de un largo viaje por mar, en un estrecho y pestilente velero, sabía que el mundo para mí había acabado. Mi patria, mi familia, todo había quedado atrás. Al igual que yo, en el velero había cientos de hombres y mujeres de diferentes tribus. No comprendía el idioma de muchos de ellos. Entre los de mi tribu se encontraba Mayombo, un joven alto y fuerte como un roble que al oírme clamar a los dioses se unió a mi oración en nuestro dialecto. ¡Qué alegría sentí al escuchar a otra persona hablando mi propia lengua! No nos conocíamos, pero poco me importó y en ese momento me pareció que lo conocía desde hacía cientos de lunas. Juntos le pedimos a Yemayá, diosa y madre de los mares, que nos protegiera y nos guiara, que si era preciso que dejara que las aguas nos tragaran y entregara nuestro espíritu a su hijo Changó para que con fuego, truenos y relámpagos se vengara de nuestros enemigos. Oraciones a los dioses no faltaron durante toda la travesía. Según Mayombo, quien podía hablar varios dialectos de nuestro mundo porque su padre se los había enseñado, con nosotros también viajaban jelofes, mandingos, ashantis, ibos, dahomeyes, fantes, congos y otros que no recuerdo y todos oraban a voz viva oraciones a sus dioses. Mayombo, al igual que todos los demás, nunca pidió salir a cruzar el mar. Me confesó, con su voz pausada y profunda, que él fue a la costa para buscar una vida mejor. Su familia tenía esperanzas en él. Pero el traidor tronchó un futuro alentador y exitoso. Lo apresó, a pesar de que Mayombo tenía su yeza que lo identificaba como miembro de la tribu Yoruba. Días después me apresó a mí, a sabiendas de que mi nombre es Fatu, nombre de generaciones yorubas. El traidor era de nuestra tribu, de nuestra propia raza, de nuestra sangre yoruba. Nos vendió al hombre blanco, sin piedad, sin remordimientos. Mayombo me suplicaba que no llorara y me decía que debía ser fuerte. Él imploraba a nuestros dioses y suplicaba a su Eledá que lo protegiera, que eso espero. Era lo único que podíamos hacer. Mayombo me aseguraba que cuando llegáramos a un puerto nos dejarían libres y entonces nos curaríamos las heridas que nos causaron las malditas cadenas. ¡Pobrecito! Él no comprendía nuestra situación. Yo tampoco comprendía. Me moría por hacer mis necesidades y en dos ocasiones no pude esperar. Grité desesperada al guardia.

—¿Qué te ocurre, negra maldita, por qué das estos escándalos?—me preguntó.

—Deseo ir a la letrina—contesté ilusoria.

—Pues vas a tener que aguantarte hasta que lleguemos a puerto o cágate encima como todos los demás—dijo acompañando sus palabras con una sonrisa burlona.

Mis escrementos cubrieron todas mis caderas y piernas. El olor era insoportable. A pesar de todo, me sentí mejor. Cuando el sueño me vencía, lograba un poco de descanso. A los días de zarpar comprendí que había más gente de mi tribu. Entre ellos reconocí a una mujer joven que anteriormente habíamos participado en una ceremonia matrimonial. Nos reconocimos inmediatamente y nuestros miedos y ansiedades fueron uno desde ese momento. No estábamos sentadas una al lado de la otra, había una distancia de diez personas, pero por la cercanía de nuestros cuerpos, tirados unos sobre otros, parecía relativamente cerca. Estaba desesperada y no era para menos pues hacía dos meses que había parido. No sabía que había sido de su hijo. Sus pechos brotaban leche a borbotones y el dolor de no alimentar a su hijo era mayor que el que sentía en sus senos por la acumulación del alimento. Una mañana, uno de los marinos, el que nos daba un poco de agua, se dio cuenta que ella era una fuente de leche fresca, subió corriendo a babor y al rato regresó

—¿Cuándo pariste?—le preguntó en yoruba con un acento fuerte.

—Hace dos meses—contestó la mujer con un hilo de voz.

—Ven conmigo—dijo el marinero, acostumbrado a dar órdenes.

Así, sin explicaciones se llevó a la joven madre. La mujer nunca regresó.

En su lenguaje, un hombre cerca de nosotros le explicó a Mayombo en su lengua que lo más seguro era que la estaban usando como nodriza para uno de los niños blancos que iba en la nave. Esa era una manera segura de sobrevivir y vivir bien entre los blancos, aunque llorara a su hijo por el resto de su existencia. No la volví a ver. Tampoco sé que fue de Mayombo. Debe estar trabajando en el ingenio, como dicen los blancos. Yo sé que estoy aquí, sin presente ni futuro. Todos nuestros Ochas me han olvidado. Nunca pensé alejarme de los míos. Mi destino estaba hecho. Mi padre y mi madre me habían ofrecido a Oshún, la akpetebís favorita de Changó. Ella me guiaría a un buen matrimonio con abundancia de hijos y prosperidad. ¡Qué lejos quedó todo para mí! Desamparada por el Orisha Osun y completamente olvidada por Elegguá. Me imagino que mis padres, desesperados, estarían buscándome por todas partes. ¿Me estarán buscando todavía? Mi padre habrá llorado por días su deshonra. No quiero que sepa que su nombre ha sido violado por el amo al derivarlo a Fátima, un nombre cristiano. Sí, necesitaba un nombre nuevo porque soy nueva, soy otra. Ahora el color de mi piel tiene una importancia que me veja. Mi color, mi nariz, mis labios, mi cuerpo y, en especial, mi pelo me identifican de una forma que no comprendo. En mi tribu era igual a todos. Aquí estoy abandonada, desolada, ultrajada. Durante toda la travesía le pedí a Changó innumerables veces que me acompañara, que enviara a sus Orishas para que me guiaran. Le supliqué que espantara a todas las mariposas negras que revoleteaban sobre nosotros. Se entrometían en todo, en nuestras bocas, oídos y una se atrevió a indagar penetrarse en mis sexo. Sus aleteos presagiaban solamente sosobra y sufrimiento. Le prometí que le haría su sureye en cuanto pudiera. ¡Qué desamparada he quedado! ¡Estoy condenada! Al tratar de cumplir mi promesa fui golpeada y azotada horriblemente. El hombre blanco no entiende que si no cumplo continuaré siendo castigada por nuestros dioses. No comprendo, porque ellos también hacen promesas a su dios y las cumplen. Promesas que no puedo explicar. Le pido a Obba, patrona del hogar, que proteja a mis padres y mis hermanos. ¡Oh Obatalá! mantenme pura y dame paz. Durante el trayecto tuve una visión y vi mi ceremonia de petición en matrimonio por un joven de mi tribu. Sus abuelos, tíos, primos y hombres respetables de su tribu vinieron a presentar cientos de regalos a mi familia como símbolo de bienestar y respeto ¡Qué fiesta tan bonita! ¿Sabes? Yo era virgen. Me veía tan alegre y, si mal no recuerdo, tú también estabas en mi fiesta...

Domingo de encuentros

No recuerdo nada de lo que dijo el padre en la homilía de la misa... no recuerdo nada... la verdad que me pasé todo el tiempo pensando en el amuleto y el sueño de anoche, otra mujer hablándome, esta vez era una negra muy bonita pero con ojos melancólicos que me contó una historia triste, y cuando regresé de mi extravío fue para ponernos de pie para recitar el Credo. ¡Ay, Dios mío! Perdóname, la próxima vez que vaya a la iglesia pondré más atención... aunque a lo mejor es cierto lo que dice Janina que para orar no hay que ir a la iglesia... pues claro, Dios está en todas partes, como dice el *Catecismo*... la próxima vez que vaya voy a tratar de confesarme para poder comulgar... pero es que no recuerdo cuando fue la última vez que me confesé... cuando le diga al padre que no lo recuerdo, a lo mejor me dobla la penitencia... tampoco recuerdo un pecado mortal que haya cometido, tendré que repasar los diez mandamientos... he dicho unas cuantas mentiras, eso sí, y tal vez en algunas ocasiones le he faltado el respeto a Mami, pero yo no he matado a nadie, no he robado, no le deseo el marido a mi vecina, ¡ni loca!, y no recuerdo cuando fue la última vez que forniqué... ¡Hace tanto tiempo!... A lo mejor esto el padre ni me lo va a creer... pero es la purita verdad... Dios lo sabe...

no recuerdo los otros mandamientos... pero ahora no los tengo que recordar porque no me voy a confesar ni ahora ni el mes que viene... ya veré cuando tendré el valor... me quemé un poco en la playa... tengo que ponerme loción... claro, no me pasa lo que a las gringas que se ponen al sol para asarse como lechonas a la varita... me imagino que cuando regresan a su Estado querrán hacerle saber a todos que ellas estaban de vacaciones en el Caribe... esos son gustos que merecen palos... y después están llorando en el programa de Oprah, contando su historia del cáncer en la piel y cómo les fue en la quimioterapia... conocí a una gringa que sabía bastante español, me dijo que lo aprendió en la universidad, y nosotros que nos pasamos la vida tratando de aprender inglés y al final no podemos decir nada más que *mother* y *father*, y mal dicho porque intercambiamos la r por la l, como en la canción "Pollito chicken", requetesabida por los puertorros, donde cantamos "maestra, teachel y puerta, doal"... pero que bruta la pobrecita gringita, no sabía que no necesitaba pasaporte para venir a la isla... me dijo que después de gastar que sé yo cuanto, su agente de viajes le dijo que no lo necesitaba... ¿Será ella la única o todos los gringos serán así de becerros? Bueno, hoy pasé un ratito agradable en la playa... Janina siempre tan buena amiga... tratando de arreglarme algún encuentro con un prospecto... la verdad, el que me presentó hoy no está mal... parecía interesado... pero no quiero ilusionarme porque siempre me pasa lo mismo... se ven interesados y de la noche a la mañana cambian de parecer... dijo que me llamaría... vamos a ver... eso dicen todos... dijo que era católico también... trabaja con una compañía de Canadá... no me atreví a preguntar mucho, para ser un poco discreta. De todos modos... debo continuar haciendo el ritual... para seguir la secuencia. Sábado y domingo, ¡Qué días tan apacibles he tenido!... no sé... han sido unos de esos días diferentes... llenos de tranquilidad... hacía tiempo que no pasaba un domingo como éste... el ritual de hoy es para amarse a uno mismo... y, hoy siento eso, que me amo, que me gusto... tenemos luna creciente y es la cuarta hora de oscuridad como dicen las instrucciones... enciendo una vela blanca y otra de color... porque puedo escoger un color... mi color preferido... verde será... color esperanza, como en la canción de Diego Torres... "pintarse la cara color esperanza"... después, debo colocar una rosa... de las del ritual anterior, aunque esté un poco mustia pero sirve... la rosa en un jarrón con agua... así... junto a las velas... pongo delante de las velas una manzana dividida en dos partes iguales... aquí están... ahora, me siento en silencio frente a las velas... debo percibir una luz rosada... rosada... rosada... inspiro la luz... rosada... rosada... sí, tengo una luz rosada... a ver... ahora tomo una mitad de la manzana en la mano derecha y la paso a la mano izquierda... ¿cuál será el propósito de esto?... será pasar lo bueno de un lado a otro... ahora la oración... "Me respeto y amo como un ser total. Me deleito en mí y declaro que hay mucho amor en mi interior." Eso sí es verdad, estoy repleta de amor... pero alguien tiene que llegar para regalarle un poco porque estoy dispuesta a compartirlo... ahora, me como una mitad de la manzana que sostengo en la mano izquierda... ¡Hum! que bien sabe... la otra mitad la debo de dejar como ofrenda hasta que la luna esté llena otra vez... debo mirar el almanaque para saber cuándo será luna llena... ahora, apago las velas de un soplo... menos mal que solamente son dos porque si fuera en mi próximo cumpleaños, tendría que tomar bastante aire... ¡Ay! Siempre me salgo del ritual y pierdo la concentración... si Mami me viera, se enojaría conmigo o se moriría de la risa... aunque ella también prende sus velas y hace sus oraciones a los santos de su predilección... ¡uy! el teléfono... a lo mejor es Janina para decirme cómo le ha ido con su jevo...

—ALÓ, SÍ, SOY YO... ¡Ah! Hola, ¿cómo estás?... yo estoy bien... gracias por llamar... bueno, no es que te lo quiera agradecer, pero el gesto de llamarme es... sí, lo pasé bien en la playa y ¿tú?... Me alegra que lo hayas pasado bien también... bueno, no me atreví a llamarte... yo, ¿si soy tímida?... no, no... bueno, es que no me gusta meterme en la vida de nadie, y menos cuando acabo de conocer a una persona... ¿Qué si me gustaría conocerte mejor?... claro, no te lo voy a negar... pero, y a ti, ¿te gustaría conocerme?... Entonces, para conocernos mejor ¿puedo hacerte unas preguntas? Y, por supuesto, luego tú puedes preguntarme lo que desees... me has dado permiso... ¿Eres casado?... No, yo tampoco soy casada ni nunca me he casado... no, nunca he vivido con nadie como pareja... bueno, dependiendo de la persona... pero, sí, si fuera necesario y conveniente, viviría con alguien que me guste y ame... y tú, ¿vivirías con alguien?... Pues, entonces tenemos las mismas opiniones... ¿Mañana?... no, no tengo nada que hacer después del trabajo... salgo a las cinco, dependiendo de lo que se le antoje a mi jefe, a las cinco en punto de la tarde... sí dame tu email y te escribo y te dejo saber... bueno, fue un placer hablar otra vez contigo...¿Qué sueñe contigo?... Si sueño contigo, ¿no me dará una pesadilla?... entonces, te complazco, trataré de soñar contigo... adiós... sí, hasta mañana...

¡AY! SAN ANTONIO, SANTA INÉS, gracias, gracias... lo del ritual parece que está funcionando... me llamó, me llamó y quiere verme mañana... parece sincero... soñar con él... ¡Cuánto placer me daría! ¡Qué tonta soy! y que tener pesadilla... al contrario, no querría despertar... todas estas noches he estado soñando con mujeres que no conozco... una indígena y una africana se me han presentado en sueños... que querrán ellas de mí... pero esta noche soñaré con él... con él... digo, si es posible...

EL VIAJE QUE HICE DESDE ESPAÑA a esta isla fue algo espantoso. A mi esposo se le antojó que viniéramos para América a buscar fortuna. ¿Qué iba hacer? Quise contradecirle, decirle que no quería conocer otros mundos, que yo no tenía nada que buscar en América, que no quería enfrentarme a otras razas, que con la mezcla con moros tenía suficiente, que no quería aprender otros idiomas, que bastaba mi mundo, mi ambiente, mi cultura y mi familia, que no deseaba dejar de ver a mi río Guadalquivir, que en Cádiz era feliz, que mi en región andaluza lo tenía todo y deseaba que mis hijos fueran sanluqueños como yo y todos mis antepasados, que no me importaba trabajar en los viñedos por el resto de mi vida... pero no pude, no tuve valor. Tampoco mi padre me apoyó, según él, yo debía obediencia a mi esposo, que para eso me había casado, que mi esposo era un hombre progresista, que en América seríamos ricos, que somos jóvenes y tenemos todo un mundo por delante... por el contrario, mi madre lloraba y trataba de contradecir a su marido... a ella, al igual que a mí, le aterrorizaba enfrentarse a unos salvajes, a lo desconocido. El barco no era muy cómodo. Teníamos muy poco espacio, una hilera de catres donde dormir y lo sanitario era pésimo, todos usábamos una palangana grandísima que por la mañana un marinero se encargaba de vaciar en el mar. Existían olores de todas clases imaginables. En el barco se proporcionaba alguna que otra cosa para comer. Gracias a mi madre que se le ocurrió prepararnos una canasta con algunos víveres, como bacalao, chorizos, arenques, pan y galletas. Todo los alimentos eran bastante salados y, precisamente, el agua estaba racionada y escasa. Una mala combinación. Claro, se lo agradecimos muchísimo a mitad del viaje porque en el velero la comida era escasa. Los marineros que conducían la embarcación en momentos eran cordiales pero al segundo cambiaban y se volvían violentos. Eran semejantes al mar, que de momentos se veía calmado y al rato unas olas inmensas mecían el velero como si fuera una hoja seca. Mi esposo decía que los galeones por ser lentos y difíciles de maniobrar eran fácil presa de las veloces embarcaciones de los corsarios y piratas. Esta información tan detallada, y en momento tan inapropiado, ayudó a que no pudiera pegar los ojos con tranquilidad y dormir aunque fuera una hora seguida. Al tercer día, tuvimos una tormenta, la que los marineros calificaron de benévola, pero para mí fue como llegar a las puertas del infierno. Todo quedó mojado de babor a estribor y de proa a popa, ni una pieza seca y algunos barriles de bacalao y otros menesteres, con el trajín de las olas, se perdieron en el mar. Sentí que íbamos a naufragar y me sentí cerca de la muerte y le pedí al sacerdote, entre ola y ola, que me absolviera de mis pecados, lo cual el padre hizo por mí y por todos los demás. Mi esposo también se asustó un poco, pero la hombría no lo dejó demostrarlo a cabalidad. Yo me aferré a él y estoy segura que si hubiéramos naufragado y terminado a disposición de las olas bravías, los dos nos hubiéramos ahogado porque yo no lo iba a soltar por nada. Cuando el mar se calmó, él se burlaba y se reía de mi espanto. Por fin, dormimos un buen rato a pesar del sol estar alto y quemaba mi piel sin piedad. Todo se secó nuevamente y hubo que racionalizar la comida para que durara el tiempo que nos quedaba por navegar. Según el capitán, la tormenta nos atrasó el arribo a estas nuevas tierras, la cual comenzaban a llamar América. Al fondo del galeón se oían unos quejidos de mujeres que llegaban hasta nuestro puesto, cerca de la mesana en la popa. Con los quejidos, se oían voces de hombres que gritaban en un idioma incomprensible para nosotros. Mi esposo me dijo que eran los esclavos que iban cerca del aparejo. Me dio pena escuchar los quejidos de las mujeres y me pareció que también escuchaba uno que otro niño. Pero yo estaba tan metida en mi miedo al mar que no pude poner atención a otros pasajeros. Según mi esposo, que iba por los alrededores en busca de noticias, había una mujer asturiana que estaba muy enferma y navegaba con su hijo muy pequeño. Le contaron que trajeron una negra esclava del fondo del galeón para que amamantara a su hijo. Me imaginé que esa mujer debía de estar recién parida para poder alimentar al niño. No sé si la negra también venía con su hijo. Sólo conocí a otra mujer que venía de las Islas Canarias. Antes de la tormenta llevaba una cofia ajustada y me supongo que con la tormenta dicha cofia no se resistió al viento y ahora tiene su negra cabellera recogida en un gracioso moño. Llevaba un traje azul marino con un collar blanco bordado en mundillo que le cubría todos los hombros. Ya su esposo estaba en estas tierras y era un encomendado en La Española. Ella me contó infinidades de historias que su esposo le había contado en cartas sobre todo lo bueno de este gran descubrimiento.

—Querida, tendré un servicio de indígenas y esclavos a mi disposición. Me dedicaré a ordenar su casa nueva y, junto a otras españolas, comenzaremos a fomentar la vida social en su comarca—decía la canaria toda eufórica.

—Nosotros no estamos seguros en cuál isla desembarcar, si La Española, Cuba o Puerto Rico—le dije esperando su opinión.

—He oído que en la isla de Borinquen hay mucha probabilidad de prosperar. No sé, tal vez me aventuro a llegar a La Española—interrumpió mi esposo.

—No importa, todas las islas estaban habitadas por salvajes que eran pacíficos y dispuestos a trabajar para el hombre español—contestó la mujer con mucha seguridad.

Por fin, llegamos primero a Borinquen y yo le pedí a mi esposo que nos quedáramos aquí unos días porque estaba extenuada y que, como él deseaba ir a La Española, podíamos esperar por otro velero que fuera para la isla más tarde. Mi esposo me complació y aquí nos hemos quedado sin desear navegar ni un centímetro más en nuestras vidas. También bajaron a un grupo de esclavos y mi esposo con el poco recurso que trajo compró dos de ellos. Fuimos al Ayuntamiento donde mi esposo presentó la carta que le había dado el Padre Miguel Ascencio, quien había estado anteriormente en esta isla, y con su recomendación nos asignaron un pedazo de terreno cerca de un valle llamado Caguax. La transportación a este lugar fue ardua e interminable. Los caballos parecían conocer el camino y las mulas dirigidas por unos indígenas sigilosos caminaban aburridas con nuestras pocas pertenencias, alegres, quizás de la escasa carga. Aquí hemos vivido y aquí moriremos porque no quiero viajar. No estamos tan mal. Nos rodea un verdor impresionante. A los lejos se puede ver el comienzo de una cordillera de montañas que alientan el espíritu y nos brindan aire puro. Mi esposo se ha dedicado a la siembra de tabaco. Viaja con frecuencia a la isla de la laguna que se llama San Juan Bautista para hacer negocios, recoger nuestra correspondencia y saber las últimas noticias de nuestra patria y de la isla. Pronto seré madre por primera vez. Pienso que tendré un niño rubio, de ojos galanos y será fuerte como su padre. Es agosto y el calor me agobia y me quita los deseos de trabajar. La indígena que me sirve es mi mano derecha y mi negra esclava, a quien persigue constantemente una mariposa negra, es trabajadora y obediente. Ella está embarazada y no se ha casado. Pensé en echarla, pero ¿a dónde va a ir? Por lo menos si dijera quién es el padre de la criatura para hacerlo responsable de ese hijo y casarlos como Dios manda, pero es una tumba... cuida que no te pase a ti lo mismo.

Lunes de posibilidades

Para los que no trabajan, para los que esperan pacientemente que el cartero les traiga su cheque del seguro social, su pensión o su chequecito del bienestar; o para aquellos a quienes el gobierno federal, para que no se molesten, les deposita directamente en el banco su cheque de los cupones, el lunes es un día como otro cualquiera, es más, es el día para ellos descansar. Pero para los que trabajamos, es el día más pesado. Es el día que más se trabaja... estoy extenuada... menos mal que al Licenciado no le dio con trabajar horas extras... por razón Dios creó el sábado, ¡hasta Él tuvo que descansar!... Yo tenía entendido que ser una secretaría administrativa iba a ser un trabajo con responsabilidades, pero que tuviera que trabajar con tanta precisión y resolverle tantos problemas a otros, eso no estaba en mi agenda... ni me lo enseñaron en la UPR...de todos modos, tengo trabajo y la oficina es acogedora, todo completamente remodelado, muebles finos y siempre limpios, mi ventanal da hacia la avenida desde donde puedo enterarme cómo está el tráfico del día y de cualquier otro acontecimiento que ocurra... y el jefe, a pesar que me quejo de él, no es mala persona, claro, para él primero no es el cliente, sino cuánta plata tiene...

perro pensándolo bien en el mundo de los negocios, y en especial en este mundo de las leyes, hay que tener en cuenta cómo está el bolsillo de los que entran por la puerta, porque nuestra oficina no es el Centro Legal del Necesitado... aunque hay veces, en casos que así lo ameriten al abogado se le ablanda el corazón y cede tiempo y esfuerzo a aquellos que lo necesiten... eso sí, siempre estamos colmados de trabajo porque en el campo de las negociaciones y haciendo contratos, al jefe no hay quien le gane... menos mal que mi asistente hace todo lo más humanamente posible por cumplir con su deber de asistirme... aunque a veces me jode con sus manías... la apariencia es tan importante para él, se tiene que mirar al espejo constantemente para reafirmar que está bello y fabuloso, quizás estamos en el mismo trance, encontrar pareja es casi una obsesión, sí, es una apoderación del espíritu, es el desear penetrar en el campo de todas las posibilidades, es imponer una rigidez a las ideas de cómo deben de ser las cosas... y la cuestión es que los dos buscamos un hombre... ¡Hay que joderse! Bueno, a lo mío, quedé de encontrarme a las siete con el jevito que conocí ayer... él vendrá a recogerme pero no quiero que suba a mi apartamento todavía, es muy prematuro... se asombró cuando le dije que no tengo carro... el tener o no tener un carro es cuestión de status... esta vez tengo que actuar inteligentemente... analizando todo... no puedo tener más decepciones... tengo que estar a la defensiva... voy a hacer el ritual para atraer a la persona deseada y propiciar la ocasión para el encuentro... hace unos días, al leer estas instrucciones, nunca pensé que las iba a utilizar... así es, cuando menos una se lo espera, aparece por arte de magia... no tengo ganas de cocinar y no tengo tiempo... debo de lucir descansada y en control... ordenaré una pizza para avanzar... ¡Con aceitunas negras y hongos!... esta vez lo puedo hacer y no tengo que discutir con Mami sobre lo que ella quiere y lo que yo quiero en una pizza... que si por qué aceitunas negras... que si eso no tiene sentido... que si las aceitunas son para guisos... que si los hongos no tienen sabor... bueno, adiós discusión...

–ALÓ, SÍ, POR FAVOR una pizza con peperoni, aceitunas negras y hongos... gracias... ¡Qué gusto! No tener que consultar con nadie para ordenar una pizza... voy a ver las noticias... ¿Qué? ¿Maripili corriendo para un puesto político? ¿Cómo es posible? Y esto mismo me dije hace tiempo ¿Qué? ¿Alida Arizmendi corriendo para senadora? Si ella es una simple vedette, bueno, Doña Fela también tenía un tipo así... llamativo... Alida le siguió los pasos a Velda González y ahora Maripili a Alida, de la televisión al Capitolio... tengo que averiguar cuál es el lío político que tiene la Alida, dicen que no se lo desenreda nadie... ni Peña Clós... la verdad, no importa quien se postule, lo importante es que las mujeres tengan representación en esta nación, digo, país... mejor dicho, territorio de... ¡Arriba las mujeres!... no importa al partido que pertenezcan y no importa si dentro de sus locuras está la de derramar nieve por todos los rincones de la isla... o que se divorcien en la misma Fortaleza... creo que no es buena idea esa de apoyar a una mujer por el mero hecho de ser mujer, sin importar su agenda... deben de tener méritos también si queremos una buena representación... ¡Qué pendeja soy! Pasaron las noticias y por estar cavilando en otras cosas me perdí toda la noticia de Roosvelt Road... el miedo no me dejó llegar a Vieques aunque quería ver con mis propios ojos lo que pasaba allí y para que nadie me contara... uno debe ser como Santo Tomás, ver para creer... ahora el lío es con Ceiba... ahora Roselló se quiere convertir en el Donald Trump puertorriqueño... desarrollar el mejor puerto del universo... ¡Ay bendito! Con la boca es un mamey y con el culo es un florete... ¡Ah no! pero la novela sí que no la voy a ver... no soporto a las mujeres pendejas llorando a lágrima viva porque el amante se fue con otra... ¡cabrona! búscate otro... aunque es una fuente de trabajo para muchas personas... no debo de engañarme a mi misma... la verdad, no quiero ver mi propia desgracia amorosa en la televisión... por esto es que no las soporto... ¡Ajá! llegó la pizza... ¡Gracias!... No debo de comérmela completa, esto es un desbordamiento de calorías... voy a dejar algo para el almuerzo mañana... si Mami estuviera aquí la compartiría con ella... la voy a llamar a ver si quiere que le lleve algunos pedazos... pero todavía no le diré nada de lo de la cita para que no comience a darme sus opiniones y consejos...

—ALÓ... MAMI, BENDICIÓN... sí, llegué extenuada, trabajé mucho... no, no voy a cocinar... encargué una pizza... sí, sí, por eso te llamo, a ver si quieres unos pedazos... tiene aceitunas negras y setas... sí, yo sé que no te gustan, pero puedes echarlos a un lado y no comerlos... ¡Ay Mami! ¿Por qué eres tan problemática? Te llamo porque pensé en ti... no podía comérmela toda sin compartir contigo... ¡Ay bendito! No pienses así... no te llamo para mortificarte... bueno, la próxima vez no te llamo aunque la pizza sea tan sólo de chorizos... ¡ah! estás viendo la novela... pues entonces te dejo... perdona que te moleste... después nos hablamos... adiós...

PALO SI BOGAS Y PALO SI NO BOGAS... mi intención, al llamarla, era buena... cómo puede pensar que la quiero mortificar... cómo haré para que ella vea en mí una amiga... me deja perpleja su forma de pensar... ni modo... así es y así la tengo que querer... yo sé que ella también me quiere... dos jueyes machos no pueden vivir en la misma cueva. Debo hacer el ritual para propiciar un buen encuentro... a ver las instrucciones... lleno un saquito, que puede ser esta bolsita plástica, porque saquito no tengo... la lleno de pétalos de las rosas rojas... le he sacado bastante provecho a las rosas... un pedazo de piel de naranja, digo, aquí china... menos mal que me queda una... ahora coloco el amuleto frente a la vela roja... así... y el vaso de agua... aquí... y por supuesto la oración en voz alta... "Encanto de este amuleto para que venga a mí y abrir así la posibilidad de iniciar una deliciosa camaradería romántica. Pido esto dentro del bien mayor. Afirmo crear una relación mutuamente beneficiosa con respeto y espaciosidad para los dos. Con la bendición de Venus, la mía propia, y la del universo, pido que esto se haga. Que así sea. Y así es." ¡Qué oración tan propicia para este momento y la ocasión! Si le digo a Janina las oraciones que hago, no me lo va a creer... me dirá que éstas no son cosas del siglo veintiuno... pero que me importa en que siglo estamos, igual de desesperante sería en otro siglo pasado o futuro si no tuviera a quien amar... y el siglo pasado no fue tan halagador que digamos en cuanto a mi vida personal... apago la vela y debo de llevar el amuleto conmigo. Ahora, a buscar algo bonito que ponerme... menos mal que tengo el pelo presentable... una cepillada y pa'lante... y un baño con el aceite de jazmines... ¡Ay, Dios mío! ilumíname... que no la cague esta vez... porque a veces yo la cago y me jodo yo misma...

DE QUE LO PASÉ BIEN CON OMAR no hay que dudarlo...
no lo puedo creer que nos llevemos tan bien y seamos
compatibles en muchísimas cosas... debo de tener
cautela... no debo dejarme llevar por su labia y su
comportamiento tan caballeroso... porque no hizo como
otros que enseguida insinúan meter a una en un motel de
la carretera de Caguas... no, él no... no lo puedo creer...
estoy patidifusa... ¿Estará funcionando el ritual?... Me dijo
que está buscando su pareja... ¡Para toda la vida!... igualito
a mí... si fuera él mi pareja para toda la vida, no me estaría
nadita de malo... nunca había caminado por la playa en la
noche... y menos con un jevo... es una experiencia única...
como canta Enrique Iglesias: "casi una experiencia
religiosa"... y cojiditos de mano... como unos mismísimos
novios... ¡Qué conversación tan interesante! no me acribilló
con preguntas y yo supe controlarme con las mías... me
parece una persona inteligente... eso de competir por el
trabajo me pareció algo diferente porque tuvo que
entrevistarse por teléfono y en inglés... su familia también
parece competente... yo no quise hablar mucho de la mía
porque en realidad no hay mucho que contar... me dijo, y
espero que no esté mintiendo, que su mamá es una jueza
del tribunal en Arecibo... y que a él le parece que desea
correr para un puesto de senadora... nunca antes había
oído su nombre... tengo que hacer una investigación
exhaustiva para averiguar todo esto... que eso siempre me
pasa, creo todo lo que me dicen... no sé cómo evaluar la
conversación sobre su madre... ¿Quería impresionarme?...
¿Por qué le pareció importante que yo supiera sobre su
madre acabándonos de conocer?... A lo mejor la admira
mucho... como ella lo crió sola... me dijo que quedó viuda
muy joven, al morir su papá en Vietnam... y no murió
batallando, sino en un accidente de trabajo cuando
despegaba un helicóptero... pero lo consideran veterano
como si hubiera muerto con el rifle entre sus manos...

¡Pobrecita! Quedar viuda tan joven... me imagino que sería duro para ella... bueno, ella no fue la única, miles de mujeres quedaron viudas, huérfanas, o sin hijos... Omar dice que su mamá no volvió a casarse y que le ha conocido pocos pretendientes... que aprovechó el tiempo y los beneficios como viuda de un militar para estudiar su carrera de abogada... ¡Bien hecho!... Yo no quise hablar mucho de mi mamá porque como ella y yo nunca estamos de acuerdo... no es bueno que le cuente cosas negativas... sólo le dije lo necesario... aunque no tengo porqué abochornarme de mi mamá, ella es una mujer decente, trabajadora y ha sido una buena madre... tal vez es que dependió mucho de Papi y ahora que le falta pues se siente un poco desorientada... ahora ella quiere reemplazarlo conmigo y mi hermano... ya aprenderá a vivir sin él poco a poco... pero Omar también me habló sobre las novias que ha tenido... ¿Cuál sería su propósito?... ha sufrido algunas desilusiones también y parece que quiere comenzar nuestra relación de forma diferente... sí, él es distinto... no me impresiona tanto su físico, sino su personalidad... es extrovertido pero a la vez se sabe controlar... ¡Ay, Dios mío! No quiero sufrir más fracasos amorosos... como pedí en la oración que hice antes de salir, que ésta sea una relación beneficiosa para los dos... todo, durante esta noche, ha parecido tan bonito... ¡Tan romántico!... Cuando se despidió me dio un beso leve en los labios... no como esos otros que enseguida te quieren sacar la lengua de cuajo... no, Omar, no... ¡Tan delicado!... Ni siquiera se puso con esa de "me permites pasar"... es que yo tampoco lo voy a invitar a pasar todavía... voy a estudiar un poco más el asunto... ¿Será gay?... no, no lo creo porque me habló de su relación con algunas novias que ha tenido... pero parece que no está despechado... según él no ha encontrado su alma gemela... ¿Seré yo?... ¿Será él mi alma gemela?... ¿Estará pensando en mí como yo estoy pensando en él? ¿Qué estará pensando?... ¡Ay, San Antonio! *Please,* mete tu mano y que no se aleje... si va a ser mi esposo que se quede a mi lado para siempre... Tengo que hacer el ritual de hoy que parece que estoy haciendo todo requete bien porque los resultados se están viendo positivos... A ver, es lunes con luna menguante... ¡Ay bendito! se suponía que lo hiciera en la primera hora tras la puesta del sol, pero ni modo, a esa hora estaba yo justamente con Omar, mirándolo a los ojos, eslembá... que por cierto me rozó un pezón, digo, tal vez sin querer... sin intención de tocarme... a lo mejor ni se dio cuenta, pero a mí se me pararon todos los pelos, y el mensaje me llegó hasta Doña Clítoris más rápido que un rayo... ¿Lo haría adrede? Quién sabe si lo hizo para ver como yo reaccionaba... pero si lo hizo, lo supo disimular porque no se disculpó ni noté ningún sobresalto... ¡Que dieta tengo! ¡Cómo reacciono a un leve roce!... Bueno, al ritual mijita que siempre te vas por otro lado... debo de encender una vela morada y otra blanca y coloco frente a las velas este clavel blanco... que es artificial, pero ni modo, no quiero seguir gastando en flores que se mueren hasta de mirarlas... necesito una hoja de laurel y una vasija con agua salada... bueno, le tendré que poner sal... así... pude haber buscado un poco de la playa, pero ya es muy tarde para salir... ahora sentada en silencio, inhalo y exhalo profundamente... con cada inspiración, exhalo los temores o dificultades que me apartan del amor deseado... así, uf... uf... uf... y, por supuesto, la oración en voz alta... "Me desprendo del impedimento de la negatividad para saber reconocer el amor que me rodea. Abierto y liviano, empleo el fuego para purificar, la tierra para curar, el aire para saber y el agua para limpiar. Suavemente libero las confusiones, las cadenas, las ataduras. Soy libre para amar y ser amada. Con la energía y la bendición divina, digo que así sea. Y así es." Amén, amén, esta oración viene como anillo al dedo...

¿cómo es posible que todos los ritos que he hecho se adapten perfectamente a mi vida?... lo que me está transcurriendo... si lo cuento, no me lo van a creer. ¡Ay, mi'jita! pero que boba eres, fíjate que aquí hay uno de los significados del número cuatro... los cuatro elementos: fuego, tierra, aire y agua... ¿cómo no se me había ocurrido?... también cuatro son los puntos cardinales: norte, sur, este y oeste... ahora lo veo todo clarito... si uno puede tener de su parte los cuatro elementos puede dominar todo a su alrededor... debí de comprender todos los significados antes de hacer estos rituales... bueno, ni modo, poco a poco iré aprendiendo hasta que me convierta en la Madamme de los rituales... déjame apagar las velas no vaya a ser que se prenda en fuego medio mundo... que eso nada más me faltaba... después dirá la gente que soy una bruja... o una loca de remate... pero Dios sabe que no lo soy y que no estoy haciendo nada que como cristiana no pueda hacer... tampoco invoco al diablo en estos rituales... eso es importante... ¡Jesús, María y José! que con el diablo no quiero cuentas. Bueno, ahora a dormir que mañana será otro día y otra vez tengo cita con Omar... voy a tratar de soñar con él... en las últimas noches he soñado con unas mujeres que no conozco y que por ser tan del pasado nunca conoceré... me cuentan su vida como si me conocieran, como si tuviéramos una conversación entre nosotras... pero en el sueño yo solamente escucho, como que no se me permite decir palabra... son monólogos... pero no tenemos dominio de los sueños... según Jung los sueños ponen de manifiesto determinadas realidades psíquicas y a veces son profecías... debo de estar pendiente de estos sueños que algún mensaje debe de haber en ellos... tiene que haber un motivo para ser tan persistentes... voy a leer otra vez el librito *Jung, para principiantes*... con la mudanza no sé donde estará... gracias a la clasecita que tomé de psicología donde me presentaron las ideas de Jung, no las he podido comprender perfectamente pero algo recuerdo... sobre la psiquis y todos esas ideas... no puedo olvidar esa pregunta que Jung se hacía desde niño: "¿Yo estoy sentado en la roca, o soy la roca en la que ÉL está sentado?" Todavía no sé si yo quiero ser la roca o estar yo sentada en la roca... y ese es mi problema... esa es mi cuestión... mi dificultad... pero sí, hoy con mi fuerza positiva domino mi subconsciente y soñaré con un hombre que me pueda volver loca de amor...

LA LLEGADA DE LOS EXTRAÑOS, que se hacen llamar españoles, ha cambiado nuestras vidas por completo. Ahora mi padre trabaja para ellos. Son gente impulsiva. No comprendo su afán por el oro. Según dice mi padre, su propósito es llevarlo a sus tierras para venderlo y tener ganancias. Ahora hay entre ellos disputa por el oro, la tierra y el poder. También hablan mucho sobre la lealtad a su rey, que nosotros no conocemos y no sabemos dónde está. Es algo misterioso. Sólo existe en palabras. Este rey es diferente a su dios. El rey existe en un sitio determinado, pero su dios existe en el cielo, un sitio más allá de las nubes, indeterminado. Me imagino que como el cielo está donde quiera que vamos, pues por eso ellos dicen que ahí está su dios y que ese dios está en todas partes. Algunas noches me he sentado a contemplar el cielo y como que siento la presencia de ese dios desconocido, pero a lo mejor es que se me confunde con Yukiyú que está muy cerca de nosotros, en la montaña. Así pues, a todos se nos confunden el rey y el dios de los extraños. Mi padre dice que le parece que su rey y su dios son autoritarios porque los extraños tienen esta cualidad. Para mí, son gente que quieren imponernos su ideal religioso porque no aceptan nuestras oraciones y están imponiendo unas reuniones con nuestros niños donde le enseñan unos misterios religiosos diferentes a los nuestros. Si mis dioses me regalan un hijo, no dejaré que ellos lo adoctrinen con sus ideas. Ya tenemos nuestra religión, nuestros dioses. No necesitamos otros. Nuestro cacique dice que no dejemos nuestras costumbres, pero que no nos opongamos a las ideas de los extraños porque ya han muerto algunos de nuestros hombres al contradecirles. Nuestros sacerdotes están consternados, no pueden explicar esta aparición maléfica. Con su segunda aparición en nuestra tierra, nada es igual. Ellos no desean adaptarse a nuestras costumbres, por el contrario, quieren imponernos su idioma y la religión a fuerza de golpes y, así, abruptamente, meterla en nuestra sangre. Tienen días que parecen benévolos, especialmente las mujeres. Ellos han compartido ciertos conocimientos con nosotros que nos han beneficiado. Han traído semillas diferentes para la siembra. A muchos les ha interesado cómo hacemos el casabe de la yuca. Nos lucimos cuando vienen a observarnos. No le hemos dicho que de la yuca también hacemos el uikú. Nuestro Cacique dice que es nuestra arma secreta. Nuestros hombres continúan pescando como siempre y a los extraños les ha interesado la construcción de nuestros cayucos para navegar por el río. Nuestro Cacique le regaló uno a unos extraños que llegaron hasta nuestra comarca. Eran siete hombres montados en unos animales irreconocibles. Animales fuertes, grandes y poderosos, que piensan porque siguen las instrucciones de los extraños. Uno de los extraños parecía ser el cacique porque daba órdenes y los demás obedecían. Parecía muy interesado en todo lo que Caguax le mostraba y explicaba en señas. Él se reía en altas voces y nuestro Cacique reía también en altas voces y todos reíamos sin saber de qué y por qué. Los niños corrían detrás de ellos como si estuvieran en un areyto y montaron los animales poderosos. Entre los hombres, había un joven que me miraba insistentemente. Es mucho más alto que nuestros hombres. Su pelo es claro y sus ojos son claros también. Nunca había visto a un hombre con una nariz tan recta. A lo mejor para las mujeres de su tribu es un hombre guapo. Yo no sé como clasificarlo, pero me parece como una aparición de las nubes por el color de su piel que no es oscura. La claridad de su piel produce una luz que da gusto mirarla. A su lado, nuestros hombres me parecen más oscuros. Me sentí perseguida por su mirada insistente y me metí en el bohío. No es que no me gustara su mirada. La verdad, me dio un poco de temor.

—Cuídate del extraño, mi *ma* güy—me dijo mi madre cuando entré a la choza.

¿A qué te refieres, amada madre?—pregunté asustada.

—Anoche el *múkaro* cantó su canción de presagio... ponte tu amuleto, mi sol. Esta visita cambiará nuestras vidas para siempre—dijo mi madre sentándose en el suelo dispuesta a implorar a sus dioses.

—Madre, que no diga tu boca la verdad—contesté algo asustada.

Caguax, los sacerdotes, algunos de nuestros hombres, entre ellos mi padre, fumaron tabaco después de comer. Los extraños decidieron pasar la noche en nuestra comarca. Nuestro cacique se mostró hospitalario y le cedió varios bohíos para que descansaran. A la mañana siguiente, al amanecer, comieron casabe y tomaron chicha y mabí. Con un mar de señas y sonrisas, los extraños montaron sus monstruosos animales y se fueron por el mismo camino que llegaron. Después de esta visita, fue muy difícil para todos poder dormir en paz... ¿No recuerdas estos detalles? Tú también estabas junto a mí...

Martes de sueños

¡Qué rico es llegar a la tranquilidad de la casa después de un día tan agitado en el trabajo! Los clientes de mi jefe no se casan de llamar. Parece que todos se ponen de acuerdo para tener problemas y llamar a la misma vez. La gente no se da cuenta de lo mucho que molesta... de lo impertinente que son. Bueno, pero ya pasó el martes laboral... ahora a descansar y tratar de relajarme para prepararme para el segundo encuentro a solas con Omar... ¿Qué pasará hoy? Debo de tener fe en mí... confiar en el destino... en Dios... las once mil Vírgenes... y todos los santos. El ritual de hoy tengo que hacerlo antes de salir al encuentro del amor... está dedicado a reavivar la pasión... es precisamente lo que necesito... Pero primero voy a llamar a Mami... necesito escuchar su voz aunque sea para pelear... todavía no le voy a decir nada sobre Omar, hasta que esté segura de que hay la posibilidad de una relación... ¿estable?... ¿duradera?... ya veremos...

—HOLA MAMI... ¿CÓMO ESTÁS? ... yo estoy de lo mejor, un poco cansada pero no agotada... sí, sí me acostumbro a estar sola... sí, tú me haces faltas... no digas eso, tú sabes que te quiero aunque esté a mil millas de distancia... bueno, tú sabes que en esta isla nadie está lejos... claro, que quiero ir a comer contigo... ¿Hoy?... No voy a poder, pero mañana voy sin falta... no, no te estoy diciendo mentiras, es que ya me comprometí con Janina a acompañarla a Plaza Las Américas... vamos a Macy's, que está fabulosa... no, no te preocupes, que como tú dices voy a estirar los pies hasta donde me dé la sábana... ¿Cómo? ¿Quieres ir a Nueva York a ver a tití Belén?... Claro, Mami, tú te mereces unas vacaciones...si quieres te investigo en la red cuánto te puede costar el pasaje... sí, en la red, en el Internet... se puede averiguar todo en la red y si encuentro un pasaje barato lo cargo a mi tarjeta y luego nos arreglamos... sí, sí en la red se puede hacer de todo, hasta tener amantes... sí, no te miento... me dijo una compañera de trabajo que tiene una amiga que se levanta a las tres o las cuatro de la madrugada, cuando el marido está durmiendo, y tiene relaciones con el amante por la red... sí, según mi amiga, ésta es una mujer madura que le encanta estar conectada en el Internet...sí, Mami, sí, y el chisme va más allá, me dijo que el amante logra que la mujer hasta tenga orgasmo... no, no te miento... también leí la noticia de que un hombre en los Estados Unidos le puso la demanda de divorcio a su mujer por adulterio porque la mujer tenía un amante en la red y ¡él la sorprendió!... sí, Mamita, así están las cosas... no, no te preocupes que yo no voy a perder mi tiempo en esas cosas; además, yo no tengo tiempo en la oficina para esto...bueno, en cuanto sepa lo del pasaje te dejo saber... sí, si quieres ve a ver a tu agente de viajes y luego comparamos los precios... sí, como tú quieras...hasta mañana... bendición...

¡QUÉ INGENUAS SON LAS MUJERES anteriores a la época cibernética! Hay un mundo de diferencia entre ellas y nosotras... así mismo dirá mi hija de mí, si es que la tengo algún día... todavía no se sabe si una época es mejor que otra. Ahora, al ritual... necesito una vela roja... uí... menos mal que se me ocurrió comprar velas en varios colores y ahora no tengo que estar corriendo a la farmacia para ir a comprarlas al último momento... necesito un vaso de agua... así... delante de la vela, en este platito floreado pongo lavanda, romero, violeta y canela... esto tiene que dar resultado porque estoy gastando un dineral en estas cositas... tengo que untar la vela con vainilla y almizcle... así... ¡Qué olor tan agradable!... Ahora debo concentrarme en el centro de mi corazón... me imagino la energía ascendiendo por mi cuerpo desde la tierra y emana al centro de mi corazón... así... siento la energía que emana al centro de mi corazón... es lo que quiero sentir y lo siento... ahora la oración... "Nuestro fuego es pasión, nuestra agua es sensualidad, la tierra de nuestros cuerpos se funde en el aire de nuestros deseos. Con la bendición del universo pido que entre nosotros prenda una pasión infinita. Que así sea. Y así es." Y así será, coño. Tengo que creerlo... apago la vela y la guardo para encenderla otra vez cuando tenga una intimidad con Omar... me bebo el agua y coloco las yerbas en mi dormitorio... en un lugar discreto... aquí, en mi... detrás de la imagen de la Virgen Milagrosa... así. Voy a poner una musiquita a lo que me arreglo... un merenguito... no, no, ésta va ser una noche romáaantica... tengo que ponerme en el *mood*... sí, quiero que me hagas el amor, como dice Ednita en su canción... esa es la canción que necesito oír para ponerme en sintonía con lo que va pasar esta noche... quiero que me hagas el amor... claro que sí. ¿Qué me pongo? Debo de llevar algo rojo... se recomienda un rubí, pero es el mismo que no tengo... puedo ponerme... esta sortijita que tiene una piedra roja...

eso sí... el perfume debe ser de jasmín... y un poco de lavanda, como aconsejan. Me pondré este pantalón blanco *estrech* que me queda muy bonito y bien entallado y este suéter rosado que me marca la figura bastante bien, pero no exagerado... así... ahora los labios con color rojo... me gusta y a Omar también le va a gustar... eso espero... ¡Ay! El pelo... me lo recojo o me lo dejo suelto... algo me dice que me lo deje suelto hoy... él me dejó ver que le gusta la mujer que lleva el cabello en melena... ¿Lo invito a subir? O mejor lo invito para mañana... sí, así estaré preparada... tal vez lo invite a comer conmigo... aquí, una cena romántica... como la que he soñado tener con el hombre que ame... ya veremos... lo invito si se presenta la ocasión. Creo que estoy bastante presentable... ahora no tengo a Mami para que me dé su opinión... y, bastante certera que es. Tengo que confiar en mí... dejarme llevar por mis corazonadas y hoy me siento positiva... le voy a gustar, coño, para eso hice el amuleto...

Miércoles fantástico

Estoy en las nubes... todavía no puedo creer la maravilla de noche que tuve ... es como un sueño... un cuento de hadas... a pesar de que no tuvimos nada íntimo, todo ocurrió tan bonito... sentados en ese restaurante a la orilla del mar, y las olas como únicas testigos... el mar, la luna y la noche se confabularon para obsequiarnos una noche especial... como dos jóvenes enamorados... nuestra conversación fue tan armoniosa... es un hombre maduro, entiende mis inquietudes... creo que me puede inyectar esa energía positiva que tanto necesito... quiero ser feliz y estoy en una lucha constante para encontrar esa felicidad... me considero un buen ser humano... quiero vivir alegre y disfrutar de las cosas sencillas de la vida y me parece que Omar tiene mis mismos intereses... no quisimos tener relaciones íntimas... eso estuvo bonito... los dos no nos sentíamos preparados... pero, hoy será un gran día para nosotros... aceptó venir a comer... y no sé lo que pueda suceder... no voy a planear nada para una relación íntima... solamente planearé la comida y lo demás vendrá por añadidura...debo de limpiar un poco, digo, recoger porque mi nido no está sucio... debo de preparar nuestro ambiente, hacer el encantamiento para crear el marco romántico. Menos mal, que pude tener la tarde libre... a veces mi jefe es un jodón, pero a veces se comporta como el ser más comprensivo del universo... una excusita y no puso peros. Debo recordar algo de los consejos sobre la galantería cósmica. El consejito sobre la coquetería me resultó; el hacer un balance de los bienes que tengo admitiendo mis cualidades y estar orgullosa de ellas; en cuanto a lo físico, he aprendido que me tienen que aceptar como soy, que no tengo que tener un parecido con una diva del cine o de la televisión, soy como soy y me basta... creo que el espíritu es el centro de atracción y he tratado de mostrar un espíritu sereno con un balance emocional; he tenido en cuenta lo del autosabotaje para no poner expectativas altas e inalcanzables que es importante en el juego de la conquista. Bueno... debo de pensar en el menú... no tengo tiempo para volver a leer *Como agua para chocolate* y me da miedo causar en mi enamorado alguna reacción biológica similar a la de la novela. No... debo de preparar algo sencillo porque todavía no sé sus preferencias, pero voy a buscar entre las recetas que tengo... una sencilla y a su vez delicada... por supuesto, que sea algo *gourmet,* de las que he recortado del *Vanidades*... a ver... aquí están... chuletas de cerdo horneadas con col... asado de "Ternera al foie gras", muy complicado y no tengo ternera en el *freezer*, la ternera no es una comida común, por lo menos para mí... claro, lo primero que tengo que hacer es mirar lo que tengo a la disposición sin tener que bajar al supermercado... bueno, todavía tengo tiempo en caso de que necesite algo... a ver... lo que procede es hacer un inventario para saber lo que tengo disponible... ¡Ah! Tengo dos pechugas de pollo deshuesadas, bistec, dos chuletas, un poco de carne molida... ¿Qué le gustará a Omar?... ¿Debo llamarlo para preguntarle?... No, no, mejor es sorprenderlo... eso sí, debo cocinar temprano, si no me sale bien la receta tendré tiempo para inventarme otro plato... "Salmón con puré de papas", esto suena bien, pero

no tengo salmón... sé que a él le gustan los mariscos...
¡Qué pena! Anoche no hablamos nada sobre comidas... es
que habían otros temas más importantes e interesantes...
más apropiados... pero, ¡y viva la pepa! Sí, tengo para hacer
una buena ensalada... haré la *Chopped salad* que todo se
corta exactamente del mismo tamaño, digo, más o
menos... lleva lechuga, hojas de espinaca, tomate, pepino,
huevos duros... le voy a añadir algunas almendras y uvas...
por aquello de dar color y mezclar sabores... y le doy a
escoger de los aliños que tengo... "Piccata de pavo"... lleva
champiñones que no sé si a Omar le gusten... Voy a hacer
las pechugas... ¡Ah! Sí, ya sé... "Pechugas con verduras"...
ellos dicen verduras, pero no veo batata ni yame... o yautía
¡qué me encanta!... bueno, no importa la diferencia... todo
se ve muy bonito en la foto... trataré de hacer la misma
presentación... con la única intención de impresionar... que
lleva mermelada de albaricoque... siempre he querido
hacer esta receta y compré la mermelada y no había tenido
oportunidad de hacerla... pues le llegó su momento. Aquí
está... 5 onzas de mermelada... ¿No será muy dulce que
llegue a empalagar?... 5 cucharaditas de salsa de soya, al
estilo de los chinitos que a todo le ponen soya... necesito
hongos o setas o champiñones, según en el país en que se
viva... ¡Que relajo! Así de rico es nuestro idioma... Bueno,
me parece que tengo de estos bichos, como se diría en
España... los compré para comerlos en ensalada, pero
ahora les daré un uso especial... usaré pocos, en todo caso
que a él no le gusten, los pueda retirar... y a mí plín y a la
madama dulce de coco... pimientos verdes, rojos y
amarillos... bueno, amarillos no tengo... aceite... puerro
¿Qué diablo es esto? Dice también ajo porro... bueno,
mijita, hablando en cristiano debe ser ajo... que manera de
complicar las cosas... necesito unos cubitos para hacer 4
onzas de caldo de pollo... 2 cucharaditas de maicena... ¡Ay,
Dios mío!... como que se me está complicando esto... me

da miedo con la maicena porque se me puede empelotar como dice mi madre... "no dejes que se te empelote"... mente positiva, no se me va a empelotar... jengibre y perejil... entonces como no hay perejil nos vamos con cilantro que es lo que tengo y va más a tono con nosotros. Ahora, mano a la obra... unto a las pechugas la mermelada que se mezcla con la salsa de soya... así... luego las pongo en el sartén a que se doren con la piel hacia abajo. Precaliento el horno a 400 grados por unos 20 minutos... ya está... mientras, limpio los hongos y los cortos... menos mal que los vi en el supermercado y la intuición me obligó a comprarlos... ahora corto los pimientos en tiras... así... corto menudito los ajos... y doro en el aceite calientito los hongos y los ajos... a ver... que no se me quemen... así... ya están un poco dorados... ¡Ay! se me olvidó hacer el caldo con los cubitos de pollo... bueno, que no cunda el pánico... lo hago ahora mismo... ahora pongo junto a los hongos, los pimientos... ¡Qué lindo se ve!... Ya tengo el caldo y con cuidado le agrego la maicena, el jengibre y más salsa soya y lo vierto sobre los hongos y los pimientos... lo próximo es esperar que se terminen de cocinar las pechugas en el horno... cuando estén listas les agrego el cilantro... déjame probar esta salsa... ¡Jum! No está mal... cuando vaya a servir se la echo por encima a las pechugas. Bueno, chef, creo que queda aprobada la salsa. ¿Con qué otra cosita la puedo servir? Unas papas... pero ¿cómo? no quiero servir papas fritas... no van con la receta... un arrocito blanco... claro, el arroz siempre va con todo... no importa lo que se sirva, hay que comer arroz y por lo general los hombres tienen que comer arroz... por alguna razón... además, es lo que mejor sé hacer... un arrocito con cebollas... claro... así se complementa la comida... creo que todo me va a salir requete bien... la Julia Child por un día... Carmen Aboy Valldejuli se queda corta al lado mío... bueno, cuidadito... no te las eches mucho que algo te puede fallar... no, no, mente positiva. Se supone que esto de cocinar me relaje, pero hoy no lo creo... eso sí, me hace sentir importante, segura y habilidosa en un menester. Ojalá Omar piense igual cuando pruebe mi obra de arte. Ahora, lo que procede es darme un duchazo para que se me quite la peste a condimentos... mujer precavida, vale por dos. Así, que corra el agua por mi cuerpo y limpie toda impureza exterior e interior. Tranquila, negra, tranquila. Aseada, perfumada, arreglada... vestida de blanco... ahora a preparar el marco romántico para atraer a la persona deseada... las flores rosadas no pueden faltar... las instrucciones dicen que este hechizo, digo, ritual, se debe de hacer el mismo día en que se va a tener la visita del enamorado... interesante... ninguna otra persona puede interrumpir el espacio, solamente la persona deseada y la que recibe la visita debe pasearse por la atmósfera hechizada... debo tomar asiento frente a una vela rosada... encendida... cierro los ojos y respiro profundamente... relajando simultáneamente el cuerpo y el rostro... debo concentrarme en el centro de mi corazón... así... debo visualizar una luz emanando de mi centro y del centro de él... esto sí que me lo han puesto difícil... tengo que concentrarme... el centro de mi corazón... luz emanando de mí... de él... ¡ah sí! ya la veo... una luz... y ahora ¿qué? porque debo de abrir los ojos para leer las instrucciones... ¡qué bruta! debí de leer las instrucciones primero antes de ponerme a hacer el ritual... bueno, pero dice que luego cambie la luz que veo a diferentes colores... como si eso fuera fácil... pero debo de tratar... concentración... medio del corazón... la luz brillante que emana de mí y de él... sí, la veo... ahora cambio la luz a colores... rojo a amarillo a naranja a verde, azul, morado, gris, negro, blanco a rosa. Debo de escoger los colores más afines a mí y lleno la habitación con esa luz... sí, naranja, verde y rosa... estos colores deben de quedar en mí y en la habitación... claro está... todo en mi imaginación... exhalo la luz de los colores... busco los colores... ¡Ay, tonta! Según el *feng shui*... azul que calma interiormente y permite ir hacia los pensamientos más internos y permite la comunicación directa con otra persona... verde que es tranquilizante..., amarillo que nos permite enfocar la atención en una cosa..., rojo que es signo de fuerza..., rosa que aumenta el romance... ¡qué bonita combinación!... espero que Omar también perciba estos colores... esta tranquilidad... esta paz... esta atmósfera romántica... ahora debo de decir la oración en voz alta: "Encanto este espacio para que albergue el deleite, el juego y el afecto fácil. Lleno esta habitación con las posibilidades eléctricas del amor y la luz y la unión gozosa, por el bien mayor. Que así sea. Y así es". ¡Qué genial!... Parece que el que se inventó este ritual estaba pensando en mí... bueno, que Dios lo bendiga... porque hoy es mi día... y todo va a salir como yo quiero. Debo poner la mesa... usaré el mantel blanco que Mami me regaló... era de su mamá... es viejo pero en buenas condiciones... los cubiertos no son de plata, pero son los únicos que tengo... dos velas rosadas... menos mal que compré estas copas de vino en la liquidación de J C Penney... ¡Ay, Dios mío!... Te lo imploro, te lo ruego... que todo me salga bien... ya está por llegar... Ángel de mi guarda, aquí conmigo, no me desampares. Ya llegó... siento los pasos... ¡Ay! El timbre...

—Hola, adelante...

—Hola, gracias por invitarme...este lugar está muy conveniente...

—¿Te gusta? pero, pasa...

—Sí, me gusta... oye, pero que bien huele aquí, que acogedor... ¿Tú... tú misma lo decoraste?

—Pues claro, chico, yo no tengo para pagarle a un decorador...

—Bueno, pues tienes buen gusto... ¡Ah! Pero mira, traje este vino, espero te guste...

—Claro, gracias, no tenías que molestarte...

—No, para poner algo, tú sabes...

—¿Quieres abrirlo? Yo soy un poco floja para eso...

—Claro, y... ¿dónde están las copas?

—Aquí...

—Ok... bonitas copas... vamos a brindar... Yo brindo por nosotros, por nuestro encuentro, que la amistad perdure por buen tiempo.

—Yo brindo también por nuestra amistad y que sea para siempre...

—Y, ¿por qué te pones tan seria para brindar?

—¿De verdad estoy seria? Bueno, déjame poner música... ¿qué te parece Maná?

—Sí, está bien, no los he escuchado mucho... pero si tú los recomiendas...

—Puedo poner otra música...

—No, no te preocupes... déjame ver que preparaste... ¡Ah! esto se ve delicioso...

—Si quieres comemos...

—No, todavía no... vamos a... hablar, sí, a conversar un poco...

—Si deseas nos sentamos en el balcón. Desde aquí hay una vista al mar preciosa.

—Por supuesto, me encanta estar al aire libre...

—¿Tú vives cerca del mar también?

—Bueno, yo vivo con mi mamá en Arecibo, que como sabes es un pueblo costero... pero vivimos en el campo. Me encanta mi pueblo. Es donde Mami siempre ha tenido su bufete. Ambos hemos nacido y criado en Arecibo. Y, tú, ¿siempre has vivido al lado de la playa?

—Realmente, no... bueno, en esta isla todos vivimos cerca de la playa... pero siempre he vivido en el Área Metropolitana... la casa de mis padres está en una urbanización en Bayamón... Hace poco que vivo aquí, sola, estoy en el proceso de independización, tú sabes, independizarme, especialmente de mi mamá...

—Y, ¿qué tiene tu mamá que te quieres independizar de ella?

—No, nada malo. Déjame corregirme... quiero ser independiente, o sea, experimentar vivir sola, valerme por mí misma, dirigir mi vida, llevar las riendas de mi vida...

—Eso quiere decir entonces, que tu mamá es dominante...

—Oye, no quiero que pienses que mi mamá no es buena, no... ella es... como diría... impulsiva... le gusta estar acompañada... ella quiere lo mejor para mí... pero...

—Sí, yo sé, todas las madres son así... la mía también quiere lo mejor para mí...

—Ah sí, ¿cómo dice tu mamá que debe ser tu futura esposa?

—Ah, no sé si debo decirte...

—Sí, dime, en caso de que yo conozca a alguien que cualifique...

—¿Cómo eres tú? a ver... dime... y yo te digo si cualificas.

—Bueno, ya me conocerás poco a poco.

—Pero dime algunas de tus buenas cualidades y yo te digo si...

—Creo que la mejor cualidad que tengo es que soy honesta...

—¡Ah! ya ves, ya tienes una... además, de que eres muy bonita... tienes una belleza natural que atrae... tienes un encanto que hace que te miren...

—No me halagues demasiado que me lo puedo creer y, dime, ¿qué otras cosas buenas quiere tu mamá para ti?

—El defecto más grave que tiene mi madre es que ella tiene una obsesión con los apellidos... que si fulano es de este apellido, que ése es del otro... que si la persona tiene tal apellido pues viene del tal pueblo... cuando ella escucha un apellido inmediatamente hace una analogía con un pueblo, con una persona, con una historia... que a veces me maravilla pero también a veces me molesta.

—Pero ¿cómo es eso? ¿Qué dices? ¿Por qué los apellidos?

—Sí, así como lo oyes... pero olvídate de mi madre... pongamos todos nuestros sentidos hacia nosotros...

—Sí, tienes razón... vamos a comer que se enfría la comida... y luego ¿te quedas para ver una película? Alquilé varias, podemos escoger...

—Déjame decirte algo, Amarilis, pero este lugar tiene como un embrujo, algo fantástico... es una fuerza que la sientes, la respiras y te encanta, —concluyó mirando a su alrededor en busca de ese algo, de esa magia.

Otro jueves

¡Qué bien lo pasé anoche con Omar! No lo puedo creer... que yo le guste tanto como él dice... dice que le gusta mi compañía... se comió todo lo que cociné... me hizo sentir bien... hice bien en seleccionar una película de comedia pero algo romántica, con subtítulos en español, por supuesto ... la verdad, la verdad, que a lo mejor nuestra relación puede tener futuro... no me quiero ilusionar, todavía es muy pronto... debo de estudiar el ambiente más profundamente... debo de tener cuidado, que la historia no se repita... esta noche no lo voy a ver, pero mañana voy a salir con él... me invitó a un restaurante donde, según él, se preparan unos mariscos deliciosos. Parece que los hechizos están funcionando... pero que sea para bien... claro, debo ser positiva... para hoy voy a ver si encuentro un ritual que sea apropiado para la situación... no sé... déjame ver... "Amuletos para dar al amante"... no, éste todavía no... "Hechizo para la tolerancia"... bueno, éste puede esperar... a ver... éste, éste me suena apropiado... "Hechizo para que se arraigue la espaciosidad"... la espaciosidad... para que el espacio entre nosotros sea el mejor y el amor prospere... sí, es apropiado y es para hacerse los jueves... y tengo lo que necesito... una vela blanca y una azul, lavanda, ¿salvia?, un clavel casi marchito, pero ahí vamos, y agua. Debo concentrarme y tener el mayor deseo de hacer el hechizo... debo poner todo mi entusiasmo y amor en este hechizo... es la primera hora de la oscuridad... enciendo la vela blanca en nuestro nombre: Amarilis y Omar... enciendo la vela azul para que haya entendimiento y sosiego... ahora pongo unos montoncitos de lavanda en las esquinas... así... además, da buen olor... me falta la salvia, pero así nos vamos... pongo el clavel y la vasija con agua delante de las velas... debo traer a mi memoria un momento en el que nosotros estuvimos en perfecta armonía... no cuando él habló de su madre porque en ese momento se me fue el corazón a los pies... no, por favor, no quiero recordarlo... no en este momento... a ver.... sí, cuando terminamos de comer que el alabó mi comida y nos sentamos juntitos a ver la película... allá, por las alturas, casi tocando el cielo entre ángeles y arcángeles... ¿Qué bonito?... hubo una perfecta armonía... debo revivir el momento... sí, sentados bastante juntos... viendo a Meg Ryan y a Tom Hanks en *Sleeping in Seattle*... ¡Qué romántico!...Nos besamos, nos toqueteamos... qué manos para tocar de una forma suave y dulce... pero hasta ahí llegamos... esto es sólo probando... deseo que estos momentos se repitan una y mil veces... que el final sea como en la película... por las alturas, tocando el cielo, entre nubes blancas y perfumadas... juntos para siempre a pesar de todos los contra tiempos... sí, juntos para siempre... ahora la oración: "Nuestro amor prospera y crece y permanece en nuestros corazones en todo espacio y todo tiempo, en pos del bien mayor. Que así sea. Y así es"... Que sí... así siento que será... debo de apagar las velas y regar las plantas con el agua... a mi siempre bonita y mi amapola que siempre tiene flores aunque esté en cautiverio... gracias, amigas y compañeras... me dan alegría... sí, porque a las plantas hay que hablarle. No le voy a contar a Janina todavía... voy a esperar a que las cosas se pongan más serias... y a Mami, ni se diga... todavía es muy prematuro... me voy a la camita que mañana me espera un día mejor...

TRATO EN VANO DE DECIFRAR lo que dicen las palabras que salen de las bocas blancas. En mi memoria tengo un pasado que repito y repito para no olvidarlo. Trato de revivirlo en la comida que cocino para otros. En los pocos momentos en que todos los negros nos reunimos a celebrar nuestras fiestas que a principio aprovechábamos para conspirar contra el blanco. Soñábamos con llegar al mar. Muchos intentaron escapar pero no llegaron muy lejos. La falta de organización, las pocas provisiones y el miedo contribuían al fracaso. Más tarde, cuando creció el número de los nuestros, la conspiración fue más exitosa y supimos del negro su y importancia y su poder sobre el blanco. Dicen que en otras islas cercanas se han dado conspiraciones y, a raíz de estas historias, los blancos en esta isla han cambiado su conducta en algo. No nos dejan solos, hay una constante vigilancia. Sólo mis oraciones a mis dioses me mantienen viva. Ésta es una guerra silenciosa de dioses. Todos oramos, imploramos, rogamos. Ya veremos cuál es más poderoso. Yo le temo a la furia de Changó, al igual que le temen los indígenas a su dios Juracán. El dios de los blancos, según ellos, es un dios de amor y justicia; pero no comprendo, porque ellos no son como su dios...esto lo he comprobado por experiencia propia... y ahora con un hijo en camino, ¿qué será de mí?... Un hombre blanco... espero que los dioses burlones no le lleven esta noticia de desgracia a mis padres... se morirían de vergüenza como lo estoy yo... muerta en vida... me parece que mi ama me tiene un poco de piedad... tal vez porque no sabe que su hombre... ¿Dónde está el amor?... Dímelo tú... o es que tú tampoco lo sabes?

Sábado fatal

Ayer viernes ¡qué noche inolvidable!... comer mariscos con el hombre amado fue como una experiencia maravillosa ... ¡Ay, Jesús! me siento algo afrodisiaca... eso me pareció anoche... la idea de ir a bailar al hotel fue genial... la música nos acercó más... el vino... no pudo ser mejor... unos besitos... unos apretoncitos... pero nada más... todavía no... no lo invité a subir cuando me dejó en la entrada, pero tampoco él me lo pidió... ¿Será de verdad tan respetuoso o es éste su juego?... No quiero pensar que él pueda estar.... no, no quiero pensar nada negativo... hasta ahora todo ha sido como yo lo he deseado... y hoy... hoy... ¡Ay, Dios mío! ¿Qué pasará hoy?... hoy vendrá a visitarme y presiento que todo será diferente... esta intuición femenina... sé que hoy todo será diferente... me dijo que no me preocupara por cocinar, que ordenáramos pizza después de su llegada... así nos ponemos de acuerdo para ordenar lo que nos guste a los dos. Debo de llamar a Mami... no, mañana domingo la visitaré y paso la tarde con ella... la tengo abandonaba... bueno, pero ella tampoco me llama... ¿Cuándo le pasará su berrinche conmigo?... poco a poco le pasará. Ahora tengo que pensar en Omar... ¿Cómo pasaremos la noche juntos?... cómo haré para que él se encante con mi compañía. Primero, debo de prender la vela del ritual del martes pasado, la vela roja.

A AMARILIS LE PARECIÓ OÍR A LA VECINA de su madre cantar el bolero a viva voz "yo tengo un pecado nuevo que quiero estrenar contigo". Sí, es cierto, tenía un pecado que estrenar y le encantaría hacerlo hoy con ese hombre que dentro de poco estará en la puerta de su apartamento, sonriendo, perfumado. Sonó el *ding dong* eléctrico para aterrizarla a la realidad y anunciarle que ya había llegado el momento de estrenar, que Omar estaba ya detrás de la puerta. Amarilis caminó algo apresurada y abrió la puerta de forma espontánea y sincera. Lo invitó a pasar haciendo un ademán de anfitriona un poco exagerado, pero gracioso, estirando su brazo y cruzándolo en señal de "adelante" e inclinando su cuerpo como una bailarina de ballet agradeciendo el aplauso del público. Omar, muy sonriente, entró con un ramo de flores surtidas en colores brillantes, el cual le entregó a Amarilis imitando un saludo *cursi,* correspondiendo al saludo de ella. Se abrazaron y se dieron un beso ligero en los labios. Se miraron fijamente a los ojos por un momento. Ambos comprendieron lo que sus cuerpos deseaban. Se apretaron uno al otro y buscaron sus bocas, así, sin sorpresas, porque ambos sabían lo que les esperaba. No se dijeron una palabra. No las necesitaban. Era necesario prescindir de las palabras. Se lo dirían todo entregándose uno al otro. Abrazados, sin alardes ni exclamaciones, se tiraron en la alfombra aromatizada con una mezcla de azahares y rosas. Y en un silencio revelador recorrieron sus cuerpos de arriba a abajo con sus manos y bocas, explorando una piel nueva, bebiendo sus alientos. En un acto amoroso genuino, que por sí solo indicaba más de lo que suponían uno del otro, se consumó lo que ellos estaban por días esperando que pasara. Permanecieron callados, muy juntos, mirándose a los ojos, como tratando de encontrar lo más íntimo en cada uno. Se dijeron algunas cosas en voces tan bajas, en susurros, que ni ellos mismos pudieron percibir. Omar la apartó un poco, la observó, y sonriendo le preguntó si todavía le quedaba vino de la visita pasada. Amarilis le contestó que sí con una carcajada suave y llena de felicidad. Entonces, bebamos por nuestra felicidad, dijo Omar. Amarilis se levantó, buscó la botella y dos copas. Los dos sabían que tenían mucho que decirse pero no querían romper el ambiente amoroso y se limitaron a beber y, muy juntos, a mirar el mar que desde la puerta de cristal se apreciaba azul y casi apacible. El mar batía sus olas que, al igual que ellos, llegaban apretadas a la orillas y se encontraban para acariciarse y desvanecerse en un abrazo suave.

—¿Crees que podamos repetirlo? —preguntó Omar medio sonriendo.

—¿Qué crees tú? ¿Te gustaría? —contestó Amarilis en espera de una respuesta afirmativa.

—Claro que sí, me encantaría. Creo que somos muy afines... que tenemos futuro...

—Yo también lo creo... —contestó Amarilis.

—¿Me lo dices a mí o te estás hablando contigo misma?

—No, no, a ti y tal vez conmigo misma, porque esto es como un sueño, es lo que he deseado toda mi vida...

—Pues, despierta porque no es un sueño, estás aquí a mi lado vivita y coleando... —dijo Omar apretándola contra sí.

—Sí, y la verdad soy muy feliz... —dijo Amarilis mirándolo fijamente a los ojos y atándose fuertemente al cuerpo de Omar.

—Yo también, me gusta mucho tu compañía, creo que estoy hechizado...—dijo Omar con voz sincera y rápido añadió –: bueno, mi amor, vamos a ordenar una pizza, ¿quieres?

—Sí, claro, dijo algo sorprendida pero reponiéndose rápidamente para añadir— ¿Cuáles ingredientes te gustan en tu pizza?

—A mí me gusta todo, ordena lo que quieras.

—Entonces, señor visitante, la anfitriona dispondrá de la cena, —dijo Amarilis en tono jocoso.

En el balconcito frente al mar bebieron, hablaron y rieron como Amarilis nunca imaginó que podría estar en compañía de un hombre. Hicieron planes para luego de comer ir a caminar por la playa y recoger caracoles. Así pasó el tiempo, sin tocarlos, sin interrumpir ese momento inigualable, hasta que Amarilis dijo que deseaba peinarse porque el viento le había alborotado el pelo.

—¿Te alisas el pelo? —preguntó Omar.

—¿A qué viene esa pregunta? —contestó Amarilis, sorprendida.

—No, nada en particular, es una simple pregunta, —dijo Omar con un poco asombrado del tono serio de Amarilis.

—¿De verdad te interesa saber si me aliso el pelo? —preguntó Amarilis intrigada.

—Sinceramente no, hice la pregunta sin pensar, sin... —titubeó Omar sin saber en realidad qué contestar.

Amarilis entró y se peinó el cabello como había dicho. Se miró en el espejo y vio sus raíces del cabello que habían crecido algo desde la última vez que efectivamente se había alisado el pelo. No tuvo las ganas de decirle: "Sí, me aliso el pelo." Sentía que había algo más detrás de aquella pregunta. No quería opacar este momento tan apreciado por culpa de una pregunta que a lo mejor no tenía ninguna importancia. Regresó a la sala y puso otra vez el CD de Maná. Fue al balcón y ocupó la silla que había dejado muy cerca de la de Omar. Él le tomó una mano y le besó la palma de la misma y ella sintió su cálida respiración como un fueguito agradable.

—Espero que mi pregunta no tenga importancia.

—Eso depende del motivo que tengas para hacerla.

—No tuve ni tengo un motivo. No tengo prejuicios como mi madre. Ella me dice que cuando joven siempre tenía cuidado con los apellidos de sus enamorados porque no quería peinar grifería... que si tienes que tener cuidado que en esa familia haya alguien con el pelo malo...

Amarilis se puso de pie como si le hubieran tirado por encima un balde de agua fría.

—¿Por cuál puerta entraste? —le preguntó mirándolo firmemente.

—Pues, por cual va a ser, por la única que hay, —contestó Omar sin comprender la pregunta o lo que estaba pasando.

—Por favor, por esa misma puerta retírate de mi casa ahora mismo, —dijo Amarilis con voz pausada.

—Pero Amarilis... eso es lo que piensa mi madre, no lo que yo pienso, has cambiado en cuestión de segundos...— dijo Omar al comprender la situación.

—A lo mejor es verdad, pero como no deseo ni pienso conocer a tu madre lo mejor será que todo termine en este momento y nos vamos a evitar muchos problemas. Hasta luego, Omar, te deseo mucha suerte. Márchate, por favor.

Omar comprendió que la decisión de Amarilis era firme y determinada. Salió sin decir palabra. Amarilis entró y fue a su cuarto y se miró en el espejo fijamente.

—Espejito, espejito, ¿quién es la más idiota? —esperó embelesada por una respuesta que no llegaría.

—Tú misma, pendejita, —se dijo en voz baja.

—¡Vieja matrona cabrona...! —dijo Amarilis en un grito.

En la sala se escuchaba a Maná cantando *"sola en el olvido, sola con su espíritu, ella despidió a su amor, él partió en un barco, se quedó, se quedó hasta el fin, sola, sola se quedó..."*

Se fue a la cama.

Se arrulló entre las sábanas y por primera vez lloró por un hombre.

Allí quedó Maná cantando canciones de amor, de locura y de muerte y el hombre de la pizza tocando el *ding dong* que Amarilis nunca contestaría.

NO ME VOY A EXCUSAR. Por el contrario, el mundo entero me debe una excusa a mí. Sé que moriré pronto, pero que importa porque me hubiera gustado morir cuando me secuestraron los hombres de mi misma tribu. Después de esto, he sido una muerta en vida. Pero es que la tenía que matar. Ella no se compadecía de mí. Yo que soy tan mujer como ella. ¿Por qué tenía que ser menos? Simplemente, como dice la vieja Chona, porque ella es blanca y yo soy negra. No lo acepto. Si yo soy de alcurnia también. Yo soy una yoruba. ¿No es eso suficiente? Parece que para los blancos no lo es. Pues no tuve más alternativa que defenderme. Sí, tengo sed de justicia, como dicen los blancos.

Por eso tuve que sacarle el corazón con mis propias manos y beber su sangre hasta saciar esa sed de justicia. Sangre roja como la mía y la de los indígenas de esta isla. Ni más ni menos, roja. Tal vez hay unas diferencias entre nosotras, como el color de piel. Pero como ella, yo he sido madre; claro, con una gran diferencia, que ella ha acurrucado a su hijo entre sus brazos y lo ha amamantado y tiene un dios a su lado que lo protege, y al mío sólo lo amamanté por un corto tiempo. Vino a mí despojado de la protección de los dioses. Lo he amado aunque no fue hecho en el amor, sino en la desgracia. Lo he buscado como loca y no lo encuentro. Lo he llamado a voces que hasta el río y las montañas se han estremecido con mi voz, pero mi hijo no me responde.

Cuando supe que, como a otros niños negros, se lo han llevado lejos, quizás a otra isla, mi deseo de venganza se anidó aquí en mi mente y mi pecho. Pobre hijito mío, desde el vientre estaba señalado para ser esclavo. No importa que en sus venas corra sangre blanca también. Los dos hemos sido perseguidos por Obi, ese dios maldito que pecó de orgullo. ¿Dónde está mi Osun? ¿Dónde está mi Omo, hijo santo? El hombre blanco ha sido mi Otá desde que puso sus ojos en mí. Pero me he vengado, he bebido su sangre. La india se llenó de temor cuando me vio con el corazón de la blanca en mis manos, pero ella también bebió su sangre porque ella también tiene sed de justicia. Ella también tiene en su vientre un hijo con sangre blanca que un día no lejano también será esclavo. ¡Qué sus dioses lo acompañen siempre! Todavía puede salvarse de las garras de los blancos si su gente lo protegen. Pero mi hijo, mi Omo, tan tierno, tan pequeño, no sabrá defenderse. Y yo, pobre de mí, estoy sentenciada a muerte... y tú, tú también debes beber de esta sangre.

Otro domingo

¡Qué sabor a sangre siento en mi boca! Sabor a venganza. ¡Los sueños! Cómo no lo había pensado antes... es mi aviso... es mi historia... que la historia no se repita... ¿es que no seremos felices las mujeres de mi raza?... es el aviso... yo soy la emisora y recipiente a la vez... ni ellas ni yo seremos felices.... pero en mí la historia no se va a repetir... seré el final del juego... ni mi nariz, mis labios o mi pelo van a ser mi desgracia... todo mi cuerpo es mi herencia... me identifica... me señala... y no la voy a esconder para poder ser feliz... su madre no quiere nietos mestizos, pero ¿quién le dijo a ella que no es ella misma mestiza? de los moros tendrá algo... ¡Qué tonta!... ¿quién? ¿ella o yo?... yo soy una tonta al tener expectativas que no son necesarias para ser feliz... ella es una tonta al imponerse e imponerle a los demás ideales que no son pausibles, que son impredecibles, la herencia es inexorables... casi como la muerte... especialmente cuando se vive en una isla como ésta donde la mezcla de razas la comenzaron sus propios antepasados. Me duele. Sí, me duele, porque pensé que me había topado con la persona tan anhelada... con mi hombre ideal... creo que él también me vio como una posibilidad, pero sus prejuicios heredados no lo dejarán ser feliz... el simple hecho de yo tener mi pelo rizo le impide su felicidad... esa pregunta tan imprudente cambió vertiginosamente nuestra noche... fue un golpe rudo y no hay hechizo posible que me pronosticara este simple hecho... no hay hechizo que haga ver el pelo liso y rubio... ¿Cómo habría cambiado la situación si le hubiera dicho que no, que no me aliso el pelo, que no lo necesito?... Pero mejor es liberar la verdad... tanto para él como para mí. ¡Los sueños! ¡Las mujeres! Hablándome directamente para contarme cada una su historia. Todos los sueños han sido una conversión de ideas en imágenes visuales para hacerme testigo de sus historias, para hacerme parte de sus historias... No necesitaba hechizos para toparme con el hombre de todos los días... lo que necesito es un hechizo para librarme de todos los hechizos y crear un nuevo ambiente sin hechizos y sin manipulaciones... necesito despojarme de mi misma... encontrarme a mi misma como hizo la negra de mis sueños... enfrentar mi situación y seguir adelante... sin escapes... sin cobardías... sin especulaciones sobre mi futuro... mi futuro soy yo misma, mi creatividad, mis resoluciones, mis esfuerzos, mi intuición femenina, mi sexto sentido, mi fuerza de voluntad para cambiar y corregir mis propios errores... no tengo un camino nuevo, no, es el mismo que siempre he tenido, pero que yo puedo arreglar y allanar a mi manera, para mi propio beneficio. Siempre he tenido miedo, de todo... especialmente, de mi misma, del futuro, de lo que piensan los demás.

Al carajo todo y todos.

Yo soy la roca.

Y, con valentía, debo aceptar que aunque haga todos los hechizos conocidos en el universo, hay la posibilidad de quedarme jamona... coño... jamona...

Otro día cualquiera

—Janina, es que no pude soportarlo, fue un atraco a plena luz del día. Me dio un golpe bajo. Te digo que después de aquello, que me pusiera un dedo encima. Al día siguiente, me hubiera gustado despertar hecha un escarabajo, como en el cuento de Kafka, ¿recuerdas?

—Pero chica, cálmate, que no es la primera vez que te ocurre algo así...

—Sí, lo sé, pero él era diferente a otros hombres que he conocido, me imaginé un mundo a su lado. Pero ahora no deseo compartir con él mis sueños y realidades. No es el hombre que esperaba. Quizás lo digo para consolarme yo misma. Siempre me pasa lo mismo: los invito y luego tengo que pedirles que se vayan, que no los soporto; siempre es la misma historia. Para qué perder mi tiempo con alguien que yo sé no llegaré a ningún lado—decía Amarilis con voz desolada como si estuviera hablando sola.

—Y, ¿qué hizo él cuando le pediste que saliera?

—Me rogó que le explicara por qué había cambiado de momento. Eres otra en cuestión de segundos, me dijo... pero lo despedí con respeto, lo mejor que pude dentro de mi consternación...

—Amarilis, creo que te precipitaste. Debiste hablar con él este asunto con calma; yo diría, con lujos de detalles, porque éste es un asunto delicado... —dijo Janina con voz de consejera profesional.

—Tal vez tengas razón, pero no deseo pertenecer a una familia que siempre te tienen en la mirilla debido a tu piel, a tu pelo, a tus antepasados. Recordándote que el nene una vez tuvo una novia rubia, que por poco se casa con ella, que su familia ya le tenían un solar segregado para que ellos construyeran su casita en una lomita en Toa Alta... y dale con el culo al seto... no mijita, no quiero vivir así...

—Sí, en eso tienes razón, aunque yo me sacrificaría. Digo, si lo amara, pues todas estas cosas se olvidan con el tiempo—dijo Janina.

—Sí, mujer, de ti creo cualquier cosa. Porque tú aconsejas a mujeres abusadas pero tú te dejas abusar... es algo que no puedo comprender...—dijo Amarilis en forma de cuestionamiento.

—Es que todos somos diferentes, Amarilis. Si todos fuéramos iguales el mundo estaría pintado de un solo color, de azul, por supuesto, que es mi color favorito—dijo Janina algo superficial, tratando de hacer un chiste.

—Bueno querida, allá tú, yo tengo bastante con lo mío—afirmó Amarilis con un tono de voz algo cansada.

—Y, ¿qué vas hacer? —preguntó Janina.

—¿Yo? ¿Qué voy hacer? pues, mi amiga, nada. Seguir adelante, buscando al hombre que le falta una costilla y esa costilla soy yo. Digo, si es que aparece...—dijo Amarilis en forma jocosa—. Por lo pronto, no sé, volver a releer el libro de Deepak Chopra y revisar las siete leyes espirituales del éxito. ¿Recuerdas el follón que nos dio con seguir esas leyes al pie de la letra?

—Pues claro, Amarilis, a ti te dio bien fuerte... querías aplicarte la Ley del Karma para que circularan todas las cosas buenas hacia ti. Como si fueras el único ser viviente en este universo.

—Sí, y creo que funciona siempre y cuando pagues tus deudas kármicas y nunca pude averiguar cuáles eran esas deudas.

—Recuerdos que Chopra decía que el futuro se genera según las decisiones que se toman a cada momento de nuestras vidas. Tú has tomado decisiones fuertes últimamente, a lo mejor las consecuencias serán un mundo lleno de felicidad—dijo Janina medio en bromas y medio en serio.

—A lo mejor, porque la ley del Karma se basa en acción y consecuencia, es causa y efecto simultáneamente. La fuerza de energía siempre regresa a nosotros, según Chopra, como pago.

—¡Ay, pero mamita, tú tomas estas cosas muy en serio! En fin, a mí me gusta más la ley del menor esfuerzo—dijo riendo Janina.

—Ah, claro. Tú no quieres hacer el esfuerzo de tomar la decisión de despedir al tipo ese con quien andas, pero un día, cuando el maltrato llegue a su límite vas a tener que tomar la decisión de mandarlo al carajo, quizás sin esforzarte mucho.

—Creo que estamos hablando de ti y no de mí— dijo Janina para evadir el hablar de sus problemas en esos momentos.

—Te digo, Janina, aunque tú no lo creas, eso no es amor...

—No te preocupes por mí ahora, ya hablaremos otro día de lo mío.

—No jodas, Janina. Debes de comenzar a ahorrar para que tomes unas vacaciones en Santo Domingo y cuando estés allí, ve directo al Museo de la piedra azul Larimar y compras la más grande que puedas. Cuando regreses se la regales a tu querido novio. Mira, y si no puedes ir, yo te conecto con mi amiga Linda que se pasa metida en la República.

—Pero y ¿por qué esa piedra?—preguntó Janina riendo de las ideas absurdas de su amiga.

—Porque estás del carajo. Esa piedra, según dicen, puede hacerte sumiso y fácil de manejar por tu pareja. La compras y se la regalas a tu magnate a ver si el tipo éste se pone sumiso y lo puedes dominar. Si no te funciona, métela en una media y le das un golpetazo entre ceja y ceja y lo mandas pal otro mundo. Fácil, y te quitas ese problema de encima—dijo Amarilis convencida.

—¡Ay, Amarilis, tú estás cabrona!—reía Janina—. Ahora sí que debes de ir derechito al confesionario.

—Mira que cuestión, Janina, y gracias por traer el tema, pero hace días que tengo deseos de confesarme y ahora creo que debo de confesarme porque le he deseado la muerte a un ser humano...

—¿Confesarte? Pero chica, ¿es que le has deseado la muerte a alguien?

—Pues, fíjate que sí... he deseado que Omar se pierda en las cuevas de Camuy, que lo desaparezcan unos extraterrestres en El Yunque; que se lo trague un tiburón amaestrado por Fidel; que se lo lleven los Talibanes... No te parece que sería una buena muerte, por lo menos la mamá saldría en la televisión haciendo un llamado a los secuestradores, por favor devuelvan a mi hijito, que yo soy una jueza de la corte y eso es un delito, les daré todo el dinero que deseen, mi finquita en Arecibo— imitando una voz grave y cursi.

Ambas amigas rieron a carcajadas. Al rato, Amarilis continuó.

—Ahora en serio, Janina, le he deseado la muerte como sea y eso no es un acto de una buena cristiana, ¿no te parece?— preguntó Amarilis con seriedad.

—Amarilis, me dejas anonadada—contestó Janina. Seguidamente añadió—: Creo que lo que debes de confesar es la cuestión de los hechizos ¿no te parece que eso es pecado?

—Según Mami, es pecado. Si me confieso, le preguntaré al Padre. Ahora que recuerdo hay unos pasos a seguir para deshacer el material que se usó en los hechizos.

—¿Recuerdas los pasos señalados?— preguntó Janina medio en broma.

—No te burles, Janina. Sí, hay unos pasos a seguir para deshacer los hechizos. Hay que romper con ellos si no se manifiesta de ellos una energía positiva. Si mal no recuerdo, a las piedras preciosas se pueden sumergir en agua salada del mar y usarse luego para uso personal u otra cosa. Eso haré con la piedra ónix —dijo Amarilis convencida.

—¿Compraste una piedra ónix con esta intención?

—Sí, pero una muy barata, en realidad no son caras— dijo Amarilis con timidez.

—Mi amiga, vende la piedra y luego me invitas a comer ¿qué te parece?

—río Janina.

—Amiguita, te invito a comer y no tengo que deshacerme de mi piedra. Vamos...

Un día de confesión

—¡Ave María purísima!— saludó Amarilis al Padre Martin con sus manos devotamente juntas, lista para comenzar su confesión como una feligresa conocedora de ese otro ritual.

—¡Sin pecado concebida!— contestó el Padre en un tono un poco desconcertante al oír una voz que le pareció conocida y que hacía tiempo no escuchaba.

—Perdóneme Padre porque he pecado— agrego Amarilis en voz tan baja que pareció como si hubiera estado hablando consigo misma.

—¿Cuánto tiempo hace que no te confiesas? — preguntó el Padre con cierta sincera curiosidad.

—No sé, me parece que como ocho o diez años...

—¿No te parece que ha pasado mucho tiempo desde tu última confesión?— preguntó el Padre con voz que a Amarilis le pareció amenazadora.

—Pues sí... pero es que...—titubeó Amarilis.

—Amarilis, todo católico debe confesarse por lo menos una vez al año, según lo manda nuestra Santa Madre Iglesia.

—Sí, sí, Padre, pero es que no me había decidido hacerlo antes. Ahora siento que debo hablar con alguien porque por primera vez en mi vida siento que he pecado.

—Y... ¿cuál es ese pecado?

—Pues... le he deseado la muerte a otro ser humano...

—¿Cómo es eso? ¿A quién le has deseado la muerte?

—A un hombre que conocí hace poco y también a su madre...—confesó Amarilis con cierta timidez.

—¿Te hizo daño ese hombre? ¿Te deshonró?

—No, no, no me ha deshonrado. Simplemente me hirió con palabras.

—Pero... por eso una persona no puede desear matar a otra...

—Por eso es que deseo confesarme. Mejor le cuento un poco lo que pasó y tal vez usted pueda comprender mejor mi situación...

—Sí, pero hazlo breve porque hay otras personas que están esperando para confesarse— dijo el Padre poco convincente porque tenía mucha curiosidad por saber lo que le pasaba a Amarilis.

—Pues resulta que conocí a un hombre y hemos estado saliendo...

—¿Quieres decir que han tenido relaciones íntimas? —la interrumpió el confesor.

—Bueno sí, pero...

—Pero nada, tú sabes que tener relaciones sin estar casados es un pecado que debes de confesar quizás con más premura que el desear matar al novio tuyo.

—Bueno, Padre, quizás diferimos en ese particular. Para mí, tener relaciones no es pecado siempre y cuando la pareja se ame.

—Y tú le amas y él te ama— dijo el padre algo burlón.

—Ahora no sé si lo amo, pero hace unos días creí que lo amaba, pero déjeme contarle mi historia y entonces usted me juzga.

—Sí, hija, sí, cuéntame.

—Pues como le decía este hombre, que se llama Omar, y yo estábamos comenzando a tener una relación que pensé era bonita y podría ser seria. Pero todo terminó cuando a él se le ocurrió preguntarme si me aliso mi pelo...

—Y ¿cuál es el problema que ves en la pregunta?

—Pues que él está poniendo en tela de juicio mi árbol genealógico, mi familia, mis raíces. Le interesa saber si vengo de una familia de pelo malo o pelo bueno.

—Pero es que las personas antes de casarse deben de conocer todo sobre su pareja, hasta sus raíces...

—Bueno, Padre, ya es tarde para discutir este asunto. Ya no somos novios.

Lo que deseo saber es si he pecado al desear la muerte a una persona.

—La verdad es que si has deseado la muerte de ese joven con todo tu corazón, pues has pecado.

—Ay, Padre, entonces, pensándolo bien creo que no he pecado en realidad. También acabo de recordar por qué hace ocho o diez años que no me confieso.

—Sí, es que hace ocho años que no peco, le dijo Amarilis levantándose y saliendo presurosa del confesionario.

Se fue delante del sagrario y se arrodilló, se persignó, y no quiso hacer una oración aprendida de memoria desde su niñez. Simplemente miró al Cristo crucificado que colgaba encima del sagrario y recordó que Él también había sufrido choques culturales durante su estadía en la tierra. Recordó como Él amó a la samaritana y a otros hombres y mujeres que no pertenecían a su raza o grupo étnico y nunca les preguntó por qué buscaban agua en el pozo un sábado, y menos si se alisaban el pelo. Pero en su reflexión se percató que tenía que olvidar y tener esperanza en el futuro. Siempre había sido optimista y ahora no lo iba a dejar de ser por unas palabras de una simple persona. Ahora sí se sentía más aliviada y sin pecados. Después de la desilusión amorosa, confesarse era lo que más había deseado aunque fuera por última vez, y sabía que no sería la última. Eso sí, cuando visite un confesionario una próxima vez, examinaría antes Los Diez Mandamientos para asegurarse de que había pecado.

Otro nuevo día

Peter J. Stenvenson escribió por correo electrónico:

"Me llamo es Peter J. Stenvenson. Soy de los Estados Unidos. La esposa de mi amigo me dijio que lo pudiera escribir por e-mail. Ella es de Puerto Rico también. Me dijio que ud. me escribiria y por eso le estaria escribiendo. Yo necesito escribir y hablar español mucho por practicar. Me gusta mucho el español. ¿Quieres escribirme a mi, por favor? Así seremos amigos. Dime como eres. ¿Eres morena? ¿Tienes el pelo negro? Dime cosas de ti. Si te interesando, yo te diría como soy yo. Contéstame pronto. Adiós".

Amarilis Almodóvar contestó por correo electrónico:

"Hola Peter. Soy Amarilis. Me agradó mucho leer tu e-mail y, por supuesto, con mucho gusto te contesto. Tu español no está nada mal. Ojalá yo pudiera escribir inglés como tú lo haces en español, pues yo he comprendido todo el mensaje sin ningún problema. Como no me dices el nombre de la puertorriqueña que te dio mi dirección del correo

electrónico, presumo que es mi amiga que se casó con un americano y ahora vive por allá. Pues te diré que sí, soy trigueña o piel canela, como decimos acá. Tengo el pelo negro y riso. Soy delgada y de estatura mediana. Soy sagitariana y por eso soy espontánea, sincera e independiente. ¿Cúal es tu signo? Cuéntame de ti, ¿A qué te dedicas? ¿Dónde trabajas? ¿Cómo pasas tu tiempo libre? Bueno, sigue escribiéndome para que puedas practicar y mejorar tu español. Ya tengo deseos de leer tu próximo e-mail y continuar chateando contigo por este medio. Hasta muy pronto".

Inmediatamente después de Amarilis enviar su mensaje electrónico y dar el último *click* de salida del Internet, sonó el teléfono. Siempre le pasaba lo mismo. Cuando sonaba el timbre del teléfono, una esperanza de que fuera *él* le brotaba. Igualmente sabía que no iba a suceder.

—Aló —dijo Amarilis en un timbre de voz dulce.

—Amarilis, soy yo— dijo la madre con voz suave a su vez.

—Hola, Mamita. Bendición ¿Cómo estás? Estaba por llamarte— respondió con sinceridad.

—¡Qué Dios te bendiga, mija! Quiero saber si vas a venir...

—Sí, claro que voy a visitarte hoy.

—Pues voy a cocinar un fricasé de pollo, arroz blanco y habichuelas coloradas, ¿qué te parece?

—Divino, estoy extrañando mucho tu comida, mami.

—Sabes, ya compré el pasaje para ir a Nueva York— dijo la madre en un tono alegre.

—¡Qué chévere! Yo sé que quedé mal contigo porque nunca busqué la información en el Internet, como te prometí...

—No te preocupes, yo sé lo ocupada que estás— le contestó la madre.

—Ok, mamita. Te veo como dentro de dos horas. Yo tengo muchas cosas que contarte— dijo Amarilis esperanzada en una reconciliación.

Amarilis colgó el auricular y percibió ese olor peculiar de su madre y sintió un deseo inmenso de estar a su lado.

Caminando despacio, serena, se fue al balcón.

Miró al mar, el cielo y los alrededores y recordó que había comprado el libro de Hania Czajkowski, *Jugando con los ángeles*.

Lo buscó y se sentó nuevamente en la butaca de mimbre, hojeándolo por primera vez. Observó que hay ángeles para todo y para todos. En especial, se deslumbró cuando descubrió los cuatro elementos: fuego, aire, agua y tierra y una línea que decía "y siendo los ángeles criaturas sutiles, pueden descender fácilmente a través de los cuatro niveles básicos de los que está compuesto el universo, dándonos fuerzas especiales para cada campo energético".

Efectivamente, esto es lo que necesito, pensó Amarilis. Fuerzas, energía para seguir adelante, decidida a jugar el juego que acompaña al libro.

FIN

CPSIA information can be obtained
at www.ICGtesting.com
Printed in the USA
FSOW01n0741280416
19803FS